As vantagens de ser invisível

Stephen Chbosky

As vantagens de ser invisível

Tradução de Ryta Vinagre

Rocco

Título original
THE PERKS OF BEING A WALLFLOWER
Copyright © 1999 by Stephen Chbosky
MTV Music Television e todos os títulos relacionados, logos, e personagens são marcas registradas da MTV Networks, uma divisão da Viacom International Inc.
Todos os direitos reservados.
Copyright da edição brasileira © 2020 by Editora Rocco Ltda.
Esta edição foi publicada mediante acordo com o editor original, MTV Books/Gallery Books, uma divisão da Simon & Schuster, Inc.
A PERSON/A PAPER/A PROMISE
por Dr. Earl Reum utilizado com permissão do autor
A PERSON/A PAPER/A PROMISE REMEMBERED
por Patrick Comeaux utilizado com permissão do autor

Direitos para a língua portuguesa reservados
com exclusividade para o Brasil à
EDITORA ROCCO LTDA.
Rua Evaristo da Veiga, 65 – 11º andar
Passeio Corporate – Torre 1
20031-040 – Rio de Janeiro – RJ
Tel.: (21) 3525-2000 – Fax: (21) 3525-2001
rocco@rocco.com.br | www.rocco.com.br

Printed in Brazil/Impresso no Brasil

Preparação de originais: ADÉLIA MARQUES

CIP-Brasil. Catalogação na publicação.
Sindicato Nacional dos Editores de Livros, RJ.

C439v   Chbosky, Stephen
         As vantagens de ser invisível / Stephen Chbosky; tradução de Ryta Vinagre. – 1ª ed. – Rio de Janeiro: Rocco, 2020.
         Inclui posfácio e dedicatórias
         Tradução de: The perks of being a wallflower
         ISBN 978-65-5532-069-5
         ISBN 978-65-5667-013-3 (e-book)

         1. Ficção. 2. Literatura juvenil americana. I. Vinagre, Ryta. II. Título.

20-67938   CDD-808.899283   CDU-82-93(73)

Este livro é uma obra de ficção. Qualquer referência a fatos históricos, pessoas reais ou lugares foram usados de forma fictícia. Outros nomes, personagens, locais, e acontecimentos são produtos da imaginação do autor, e qualquer semelhança com acontecimentos reais ou localidade ou pessoas, vivas ou não, é mera coincidência.

Leandra Felix da Cruz Candido – Bibliotecária– CRB-7/6135
O texto deste livro obedece às normas do Acordo Ortográfico da Língua Portuguesa.

Eu tive uma sensação na sexta à noite,

depois do jogo de ex-alunos, que não sei se serei capaz de descrever, a não ser que eu diga que foi ardente. Sam e Patrick me levaram de carro à festa naquela noite, e eu me sentei no meio na picape de Sam. Ela adora a picape, porque eu acho que o carro a fez se lembrar do pai. A sensação me aconteceu quando Sam disse a Patrick para encontrar alguma coisa no rádio. E ele só encontrava comerciais. E comerciais. E uma música de amor muito ruim que tinha a palavra "baby". E depois mais comerciais. E por fim ele encontrou esta canção realmente maravilhosa sobre um cara, e nós ouvimos em silêncio.

Sam batucava com as mãos no volante. Patrick colocou o braço para fora do carro e fazia ondas no ar. E eu fiquei sentado entre os dois. Depois que a música terminou, eu disse uma coisa:

"Eu me sinto infinito."

E Sam e Patrick olharam para mim e disseram que foi a melhor coisa que já tinham ouvido. Porque a música era ótima e porque estávamos prestando muita atenção nela. Cinco minutos de toda uma vida tinham passado, e nós nos sentíamos jovens de uma forma legal. Eu cheguei a comprar o disco, e contaria a você como foi, mas na verdade não foi o mesmo que estar em um carro a caminho de sua primeira festa de verdade, e você está sentado no meio da picape com duas pessoas legais quando começa a chover.

Para minha família na época
Para minha família agora
Para Liz, Maccie e Theo Chbonsky
Sempre

AGRADECIMENTOS

O que gostaria de dizer a respeito de todas as pessoas mencionadas aqui é que não haveria este livro sem elas e que lhes sou grato do fundo do meu coração.

Greer Kessel Hendricks
Heather Neely
Lea, Fred e Stacy Chbosky
Robbie Thompson
Christopher McQuarrie
Margaret Mehring
Stewart Stern
Kate Degenhart
Mark McClain Wilson
David Wilcox
Kate Ward
Tim Perell
Jack Horner
Eduardo Braniff

E por fim...
Dr. Earl Reum, por ter escrito um belo poema, e Patrick Comeaux por lembrar, aos 14 anos, que Dr. Reum estava errado.

PARTE 1

25 de agosto de 1991

Querido amigo,

Estou escrevendo porque ela disse que você me ouviria e entenderia, e não tentou dormir com aquela pessoa naquela festa, embora pudesse ter feito isso. Por favor, não tente descobrir quem ela é, porque você poderá descobrir quem eu sou, e eu não gostaria que fizesse isso. Chamarei as pessoas por nomes diferentes ou darei um nome qualquer porque não quero que descubram quem sou eu. Não estou mandando um endereço para resposta pela mesma razão. E não há nada de ruim nisso. É sério.

Só preciso saber que existe alguém que ouve e entende, e não tenta dormir com as pessoas, mesmo que tenha oportunidade. Preciso saber que essas pessoas existem.

Acho que, de todas as pessoas, você entenderá, porque acho que você, entre todos os outros, está vivo e aprecia o que isso significa. Pelo menos eu espero que seja assim, porque os outros procuram por você em busca de força e amizade, e é tudo muito simples. Pelo menos foi o que eu soube.

Então, esta é a minha vida. E quero que você saiba que sou feliz e triste ao mesmo tempo, e ainda estou tentando entender como posso ser assim.

Tento pensar na minha família como um motivo para que eu seja desta forma, principalmente depois que meu amigo Michael não foi à escola em um dia na primavera passada e ouvimos a voz do Sr. Vaughn nos alto-falantes: "Meninos e meninas, lamento informar que um de nossos alunos faleceu. Faremos uma cerimônia em memória de Michael Dobson durante a assembleia desta sexta-feira."

Não sei como as notícias andam pela escola e por que em geral estão certas. Talvez tenha sido no refeitório. É difícil lembrar. Mas Dave, o dos óculos esquisitos, nos disse que Michael se matou. Sua mãe jogava bridge com uma das vizinhas e ouviu o tiro.

Não me lembro bem do que aconteceu depois disso, exceto que meu irmão chegou à sala do Sr. Vaughn na minha escola e me disse para parar de chorar. Depois, colocou o braço no meu ombro e me disse para tentar ser forte antes que papai chegasse. Nós fomos comer batatas fritas no McDonald's e ele me ensinou a jogar *pinball*. Chegou até a brincar que, por minha causa, ele tinha perdido uma tarde na escola e me perguntou se eu queria ajudá-lo a trabalhar em seu Camaro. Acho que fiquei muito confuso, porque ele nunca havia me levado para trabalhar em seu carro.

Nas sessões com o orientador educacional, pediram aos poucos de nós que realmente gostavam de Michael

As vantagens de ser invisível

que dissessem algumas palavras. Acho que eles tinham medo de que alguns de nós tentassem se matar ou coisa parecida, porque pareciam muito tensos e um deles não parava de mexer na barba.

Bridget, que é louca, disse que às vezes, na hora dos comerciais da tevê, pensava em suicídio. Ela foi sincera e isso confundiu o orientador. Carl, que é legal com todo mundo, disse que se sentia muito triste, mas não se mataria porque é pecado.

O orientador dirigiu-se a todo o grupo e finalmente chegou a mim.

– O que você acha, Charlie?

O que havia de tão estranho nisso foi o fato de que eu nunca tinha visto este homem, porque ele era um "especialista" e sabia meu nome mesmo que eu não estivesse usando um crachá, como fazem nos eventos abertos ao público.

– Bom, acho que Michael era um cara legal e não entendi por que ele fez aquilo. Apesar de me sentir muito triste, acho que o que realmente me aborrece é não entender o que aconteceu.

Acabo de reler isso e não se parece com o modo como eu falo. Especialmente naquela sala, porque eu ainda estava chorando. Não parei de chorar nem por um minuto.

O orientador disse que suspeitava que Michael tinha "problemas em casa" e achava que ele não tinha com quem conversar. Talvez ele se sentisse sozinho e por isso se matou.

Então comecei a gritar para o orientador que Michael podia ter conversado comigo. E comecei a chorar ainda mais. Ele tentou me acalmar dizendo que quis dizer um adulto como ele, ou um professor, ou um psicólogo. Mas não funcionou, e por fim meu irmão foi à escola em seu Camaro para me pegar.

Pelo resto do ano letivo, os professores me trataram de forma diferente e me deram notas melhores, apesar de eu não ter ficado mais inteligente. Para falar com franqueza, acho que eu os deixava nervosos.

O funeral de Michael foi estranho, porque o pai dele não chorou. E três meses depois ele deixou a mãe de Michael. Pelo menos foi o que Dave me disse no refeitório. Às vezes eu penso nisso. Imagino o que acontecia na casa de Michael na hora do jantar e dos programas de tevê. Michael não deixou nem um bilhete, ou pelo menos seus pais não deixaram ninguém ver um. Talvez fossem "problemas em casa". Eu bem que gostaria de saber. Assim eu sentiria a falta dele com mais clareza. A dor poderia fazer sentido.

Uma coisa que eu sei é que isso me faz perguntar se tenho "problemas em casa", mas parece que muita gente tem problemas muito piores do que os meus. Por exemplo, quando o primeiro namorado da minha irmã começou a sair com outra garota, e minha irmã chorou o fim de semana inteiro.

Meu pai disse que "há pessoas que passam por coisa muito pior".

Minha mãe ficou em silêncio. E acabou. Um mês depois, minha irmã conheceu outro cara e começou a ouvir música animada de novo. Meu pai continuou trabalhando. Minha mãe continuou varrendo. Meu irmão continuou consertando seu Camaro. Quer dizer, até que ele teve de ir para a faculdade no início do verão. Ia jogar futebol pela Penn State, mas precisou do verão para conseguir as notas certas para jogar futebol.

Não acho que alguém fosse o favorito na minha família. Nós somos três, e eu sou o mais novo. Meu irmão é o mais velho. Ele é um jogador de futebol muito bom e adora seu carro. Minha irmã é muito bonita e má com os garotos, e é a filha do meio. Eu tiro nota máxima direto agora, como minha irmã, e é por isso que eles me deixam em paz.

Minha mãe chora muito com os programas de tevê. Meu pai trabalha muito e é um homem honesto. Minha tia Helen costumava dizer que meu pai era orgulhoso demais para ter uma crise de meia-idade. Até agora não entendi o que ela quis dizer, porque ele acabou de fazer quarenta e nada mudou.

Minha tia Helen era a pessoa de quem eu mais gostava no mundo. Ela era irmã da minha mãe. Só tirava A quando estava na escola e costumava me dar livros para ler. Meu pai disse que os livros eram muito antigos para mim, mas eu gostava deles, então ele dava de ombros e me deixava ler.

Tia Helen morou com minha família nos últimos anos de sua vida porque às vezes aconteciam coisas muito ruins com ela. Ninguém me disse o que aconteceu na época, embora eu sempre quisesse saber. Quando eu tinha uns sete anos, parei de perguntar sobre isso, porque ficava perguntando sem parar, como as crianças sempre fazem, e tia Helen começava a chorar muito.

    Foi quando meu pai me deu um tapa, dizendo: "Você está ferindo os sentimentos da tia Helen!" Eu não queria fazer isso, então parei. Tia Helen disse a meu pai para nunca mais bater em mim na frente dela, e meu pai disse que a casa era dele e ele fazia o que queria, e minha mãe ficou quieta, como meu irmão e minha irmã.

    Não me lembro de muito mais do que isso porque comecei a chorar muito mesmo, e depois de algum tempo meu pai e minha mãe me levaram para o meu quarto. Foi só muito tempo depois que minha mãe bebeu uns copos de vinho branco e me disse o que tinha acontecido com a irmã dela. Algumas pessoas passam por coisas muito piores do que as minhas. É verdade.

    Acho que devo dormir agora. Está muito tarde. Não sei por que escrevo essas coisas para você ler. Estou escrevendo esta carta porque as aulas começam amanhã e estou com muito medo de ir.

Com amor,
Charlie

As vantagens de ser invisível

7 de setembro de 1991

Querido amigo,

Eu não gosto do colégio. O refeitório é chamado de "Centro de Nutrição", o que é estranho. Tem uma garota na minha turma de inglês avançado chamada Susan. No ensino fundamental, era muito divertido ter a Susan por perto. Ela gostava de cinema, e seu irmão Frank gravou para ela uma fita com aquela música ótima que ela compartilhava conosco. Mas, durante o verão, ela tirou o aparelho dos dentes, ficou um pouco mais alta e mais bonita e os peitos cresceram. Agora ela age como uma idiota nos corredores, especialmente quando os garotos estão por ali. E eu acho isso chato, porque Susan não parece feliz. Para dizer a verdade, ela não gosta de reconhecer que é da minha turma de inglês avançado, e não gosta de dizer "oi" para mim na entrada do colégio.

Quando estava na reunião do orientador educacional sobre o Michael, Susan falou que Michael uma vez disse a ela que ela era a garota mais bonita do mundo, com aparelho nos dentes e tudo. Então ela pediu para "namorar ele", o que seria ótimo em qualquer escola. Ele disse que ia "namorar" no ensino médio. E eles se beijaram e falaram de cinema, e ela sentiu terrivelmente a morte dele porque era seu melhor amigo.

É divertido, também, porque normalmente os meninos e meninas não eram bons amigos na minha escola.

Mas Michael e Susan eram. Como entre mim e tia Helen. Opa, desculpe. "Entre tia Helen e mim." Foi uma coisa que aprendi esta semana. Isso e a fazer uma pontuação correta.

Fiquei em silêncio a maior parte do tempo, e só um garoto chamado Sean realmente pareceu perceber minha presença. Estava esperando por mim depois da aula de educação física e disse coisas muito infantis, tipo que ele iria me dar um "caldo", que é quando alguém enfia sua cabeça na privada e dá descarga para fazer seu cabelo redemoinhar. Ele parecia muito infeliz também, e eu disse isso a ele. Depois ele enlouqueceu e começou a bater em mim, e então fiz as coisas que meu irmão me ensinou. Meu irmão é um lutador muito bom.

"Bata nos joelhos, na garganta e nos olhos."

E foi o que eu fiz. E acabei machucando o Sean de verdade. E depois ele começou a chorar. Minha irmã teve de sair da sala dos veteranos e me levar para casa. Fui chamado na sala do Sr. Small, mas não fui suspenso nem nada porque um garoto disse ao Sr. Small a verdade sobre a briga.

"Foi o Sean que começou. Foi legítima defesa."

E foi mesmo. Eu não entendo por que o Sean queria bater em mim. Eu não fiz nada a ele. E sou muito pequeno. Mas acho que o Sean não sabia que eu sabia lutar. A verdade é que eu podia tê-lo machucado muito mais. E talvez tivesse feito. Acho que faria, se ele tivesse perseguido o garoto que disse a verdade ao Sr. Small, mas Sean nunca fez isso. Então, as coisas foram esquecidas.

As vantagens de ser invisível

Alguns garotos me olharam de uma forma estranha no corredor porque não decorei o segredo da minha fechadura, sou o cara que bateu no Sean e não consegui parar de chorar depois disso. Acho que sou muito sentimental.

Tenho estado muito só porque minha irmã está ocupada sendo a mais velha da família. Meu irmão está ocupado sendo um jogador de futebol na Penn State. Depois do treino no campo, o treinador disse que ele era reserva, mas quando aprendesse o sistema seria titular.

Meu pai torce muito para que ele se profissionalize e jogue nos Steelers. Minha mãe só está feliz por ele ter ido para a faculdade de graça, porque minha irmã não joga futebol e não haveria dinheiro bastante para mandar os dois para a universidade. É por isso que ela quer que eu dê duro na escola, porque assim consigo uma bolsa de estudos.

Então é isso o que estou fazendo até encontrar um amigo por aqui. Eu espero que o garoto que disse a verdade seja meu amigo, mas acho que ele só estava sendo um bom garoto contando tudo.

Com amor,
Charlie

11 de setembro de 1991

Querido amigo,

Eu não tenho muito tempo porque meu professor de inglês avançado me deu um livro para ler e gosto de ler os livros duas vezes. Por acaso, o livro é *O sol nasce para todos*. Se você ainda não leu, acho que deve, porque é muito interessante. O professor me disse para ler alguns capítulos de cada vez, mas eu não gosto de ler os livros dessa forma. Leio logo metade dele na primeira vez.

Mas eu estou escrevendo porque vi meu irmão na televisão. Normalmente não gosto muito de esportes, mas essa foi uma ocasião especial. Minha mãe começou a chorar, e meu pai colocou o braço em seu ombro, e minha irmã sorriu, o que é engraçado, porque meu irmão e minha irmã sempre brigam quando ele está por aqui.

Mas meu irmão mais velho estava na televisão, e até agora foi a melhor coisa que aconteceu em minhas duas semanas de escola. Sinto muita falta dele, o que é estranho, porque nós nunca conversamos muito quando ele está aqui. Nós não conversamos nunca, para ser sincero.

Eu diria a você em que posição ele joga, mas, como eu já lhe disse, gostaria de ser anônimo para você. Espero que você entenda.

Com amor,
Charlie

As vantagens de ser invisível

16 de setembro de 1991

Querido amigo,

Terminei de ler *O sol nasce para todos*. Agora é meu livro favorito, mas sempre acho que um livro é meu favorito até eu ler outro. Meu professor de inglês avançado me pediu para chamá-lo de "Bill" quando não estivéssemos em aula, e me deu outro livro para ler. Ele diz que eu tenho uma grande habilidade em leitura e compreensão, e queria que eu escrevesse um trabalho sobre *O sol nasce para todos*.

Mencionei isso para minha mãe, e ela me perguntou por que Bill não recomendou que eu apenas fosse para uma turma de segundo ano. E eu contei a ela que Bill disse que eram basicamente as mesmas turmas com livros mais complicados, e que isso não me ajudaria. Minha mãe disse que ela não tinha certeza e conversaria com ele durante a reunião de pais. Depois, ela me pediu para ajudá-la a lavar os pratos, o que eu fiz.

Sinceramente, eu não gosto de lavar pratos. Gosto de comer com os dedos e sem guardanapo, mas minha irmã diz que fazer isso é ruim para o meio ambiente. Ela participa do grupo ambientalista da escola secundária e é lá que ela conhece os garotos. Eles são todos muito legais com ela, e não entendo bem por quê, a não ser pelo fato, talvez, de que ela é bonita. Ela realmente maltrata muito aqueles caras.

Um garoto foi particularmente duro. Não vou lhe dizer o nome dele. Mas vou lhe contar tudo sobre ele. Tinha um cabelo castanho muito bonito e o usava comprido e com um rabo de cavalo. Acho que ele vai se arrepender quando pensar no que fez. Ele estava sempre gravando fitas para minha irmã com temas muito específicos. Uma se chamava "Folhas de Outono". Ele incluiu muitas canções dos Smiths. Fez até uma capa colorida. Depois que o filme que ele pegou na locadora terminou, minha irmã me deu a fita. "Quer para você, Charlie?"

Peguei a fita, mas achei estranho, porque ele tinha gravado para ela. Mas ouvi. E adorei. Tem uma canção chamada "Asleep" que eu gostaria que você ouvisse. Falei com minha irmã sobre isso. E uma semana depois ela agradeceu a mim, porque, quando o garoto perguntou a ela sobre a fita, ela disse exatamente o que eu tinha dito sobre a canção "Asleep", e ele ficou muito emocionado por causa do significado que teve para ela. Espero que isso signifique que eu serei bom em namorar quando tiver idade para isso.

Mas eu tenho que ir direto ao assunto. É isso que Bill, meu professor, me diz para fazer, porque escrevo como eu falo. Acho que é por isso que ele quer que eu escreva um trabalho sobre *O sol nasce para todos*.

Esse cara que gosta da minha irmã é sempre respeitoso com meus pais. Minha mãe gosta muito dele por causa disso. Meu pai o acha gentil. Eu acho que é por isso que minha irmã faz o que faz com ele.

Teve uma noite em que ela disse coisas muito cruéis sobre como ele não enfrentou o valentão da turma quando tinha quinze anos ou coisa parecida. Para falar a verdade, eu estava vendo o filme que ele tinha alugado, então não estava prestando muita atenção na briga. Eles brigam o tempo todo, e então imaginei que o filme seria pelo menos um pouco diferente, e acabou que não era, porque era uma sequência.

De qualquer forma, depois que ela se encostou nele por umas quatro cenas do filme, o que acho que durou uns dez minutos ou mais, ele começou a chorar. E chorou muito. Depois, eu me virei e minha irmã estava apontando para mim.

"Tá vendo? Até o Charlie enfrentou um valentão. Tá vendo?"

E o cara ficou muito vermelho. E olhou para mim. Depois olhou para ela. E ele ergueu o braço e desceu a mão na cara da minha irmã. Bateu forte mesmo. Eu gelei, porque não consegui acreditar que ele tinha feito aquilo. Ele não era o tipo de cara que bate em alguém. Era o cara que gravava fitas com temas e fazia capas coloridas, até que bateu na minha irmã e parou de chorar.

A parte esquisita é que minha irmã não fez nada. Ela só olhou para ele em completo silêncio. Isso foi muito estranho. Minha irmã fica furiosa se você come o tipo errado de atum, mas aqui estava um cara batendo nela, e ela não disse nada. Só ficou dócil e amável. E me pediu para sair, o que eu fiz. Depois que o garoto foi embora, ela disse que eles estavam "terminando" e que eu não contasse à mamãe e ao papai o que tinha acontecido.

Acho que ele enfrentou o valentão dele. E acho que isso faz sentido.

Naquele fim de semana, minha irmã passou um tempão com esse cara. E eles riram muito mais do que em geral faziam. Na sexta à noite, eu estava lendo meu livro novo, mas minha cabeça estava cansada, então decidi ver um pouco de televisão, em vez de ler. E abri a porta para o porão, e minha irmã e o namorado estavam nus.

Ele estava por cima dela, e suas pernas dobradas de cada lado do sofá. E ela sussurrou para mim:

"Vá embora. Seu pervertido."

Então eu saí. No dia seguinte, nós todos vimos meu irmão jogar futebol. E minha irmã convidou o cara. Não tenho certeza se ele foi para casa na noite anterior. Estavam de mãos dadas e agiam como se estivessem muito felizes. E esse cara disse alguma coisa sobre o time de futebol não ser o mesmo desde que meu irmão se formou, e meu pai agradeceu a ele. E quando o cara foi embora, meu pai disse que esse garoto estava se tornando um homem educado, que sabia se comportar. E minha mãe ficou em silêncio. E minha irmã olhou para mim para ter certeza de que eu não diria nada. E foi assim.

"É. Ele é." Foi tudo o que minha irmã conseguiu dizer.

E eu podia ver esse cara na casa dele fazendo seu dever da escola e pensando na minha irmã nua. E podia ver os dois de mãos dadas nos jogos de futebol a que eles não assistiam. E podia ver esse cara vomitando no jardim em uma festa. E podia ver minha irmã se sujeitando a ele.

E eu me senti muito mal pelos dois.

Com amor,
Charlie

As vantagens de ser invisível

18 de setembro de 1991

Querido amigo,
 Já lhe contei que estou na turma de trabalhos manuais? Bom, eu estou na turma de trabalhos manuais e é minha aula favorita depois da aula de inglês avançado de Bill. Escrevi o trabalho sobre *O sol nasce para todos* na noite passada e entreguei a Bill esta manhã. Ficamos de falar sobre isso durante o almoço de amanhã.
 A questão, contudo, é que tem um cara na minha turma de trabalhos manuais chamado "Nada". Não estou brincando. O nome dele é "Nada". E ele é hilário. "Nada" ganhou esse nome quando as crianças o sacaneavam no ensino fundamental. Acho que ele é um veterano agora. Os garotos começaram a chamá-lo de Patty, quando o nome dele na verdade é Patrick. E "Nada" disse aos garotos: "Olha só, tanto faz que vocês me chamem de Patrick ou de Nada."
 Assim, os garotos começaram a chamá-lo de "Nada". E o nome acabou pegando. Ele era novo no bairro na época porque o pai dele tinha se casado pela segunda vez com uma mulher dessa região. Acho que vou parar de colocar aspas em Nada porque é chato e interrompe o fluxo do que escrevo. Espero que você não ache difícil me acompanhar. Terei o cuidado de diferenciar se for necessário.
 Então, na aula de trabalhos manuais, o Nada começou a fazer uma imitação muito engraçada de nosso professor,

o Sr. Callahan. Ele chegou a pintar costeletas com um lápis de cera. Hilário. Quando descobriu o Nada fazendo isso perto da lixadeira, o Sr. Callahan riu, porque o Nada não estava fazendo a imitação por maldade nem nada assim. É só que era engraçado. Eu queria que você estivesse lá, porque eu nunca ri tanto desde que meu irmão foi embora. Meu irmão costumava contar piadas de polonês, o que eu sei que é errado, mas eu bloqueava a parte do polonês e ouvia as piadas. Era hilário.

Ah, aliás, minha irmã me pediu a fita "Folhas de Outono" de volta. Agora ela ouve a fita o tempo todo.

Com amor,
Charlie

29 de setembro de 1991

Querido amigo,

Tenho um monte de coisas para contar a você sobre as duas últimas semanas. Muita coisa boa, mas muita coisa ruim também. Mais uma vez, não sei por que isso sempre acontece.

Para começar, Bill me deu uma nota C por meu trabalho sobre *O sol nasce para todos*, porque ele disse que eu misturo minhas frases. Agora estou tentando não fazer desse jeito. Ele também disse que eu devo usar as palavras do vocabulário que eu aprendo na aula, como "corpulento" e "icterícia". Eu as usaria aqui, mas não acho que sejam apropriadas para um texto como este.

Para falar a verdade, eu não sei onde elas são apropriadas. Não estou dizendo que você não as conhece. Você deve conhecê-las, com toda a certeza. Mas é só que eu nunca ouvi ninguém usando as palavras "corpulento" e "icterícia" em toda minha vida. E isso inclui os professores. Então, por que usar palavras que ninguém conhece ou usa normalmente? Essa é uma coisa que eu não entendo.

Acho a mesma coisa de algumas estrelas de cinema a que são terríveis de assistir. Algumas daquelas pessoas devem ter um milhão de dólares pelo menos e, ainda assim, continuam fazendo esses filmes. Elas se destroem com os caras errados, gritam com seus seguranças e dão entrevistas a revistas. Toda vez que eu vejo certas atrizes de cinema em uma revista, não consigo deixar de sentir pena delas, porque ninguém as respeita de jeito nenhum, e ainda assim elas continuam dando entrevistas. E todos os entrevistadores dizem a mesma coisa.

Eles começam dizendo o que elas comem em um determinado restaurante. "Enquanto mastigava lentamente sua salada de frango chinês, _____ falou de amor." E todas as capas dizem a mesma coisa: "_____ revela o que pensa do sucesso, do amor e de seu novo filme/programa de tevê/disco."

Acho que é legal para as estrelas darem entrevistas para fazer com que a gente pense que elas são como nós, mas, para falar com franqueza, tenho a sensação de que é

tudo uma grande farsa. O problema é que eu não sei quem está mentindo. E eu não sei por que essas revistas vendem tanto. E não entendo por que as mulheres no consultório do dentista gostam tanto delas. No sábado passado, eu estava no dentista e ouvi essa conversa:
– Você viu esse filme? – Ela apontou para a capa.
– Vi. Fui ver com o Harold.
– O que você achou?
– Ela estava simplesmente maravilhosa.
– Ah, é. Ela é maravilhosa mesmo.
– Ah, eu fiz essa receita nova.
– É de baixa caloria?
– Hum-hum.
– Tem algum tempo livre amanhã?
– Não. Por que você não diz ao Mike para mandar um fax ao Harold?
– Está bem.

Então essas mulheres começaram a falar de uma atriz que eu mencionei antes, e as duas tinham opiniões muito fortes:
– Acho que é uma vergonha.
– Você leu a entrevista na *Good Housekeeping*?
– De meses atrás?
– É.
– Uma vergonha.
– Você leu aquela na *Cosmopolitan*?
– Não.
– Meu Deus, foi praticamente a mesma entrevista.
– Não sei por que ainda dão bom-dia a ela.

O fato de que uma dessas mulheres era minha mãe me chateou particularmente, porque minha mãe é bonita. E ela sempre está de dieta. Às vezes, meu pai diz que ela está bonita, mas ela não ouve o que ele diz. Aliás, meu pai é um marido muito bom. Ele só é pragmático.

Depois do dentista, minha mãe me levou de carro ao cemitério, onde muitos parentes dela foram enterrados. Meu pai não gosta de ir ao cemitério porque dá arrepios nele. Mas eu não me importo de ir, porque minha tia Helen está enterrada lá. Minha mãe sempre foi a filha mais bonita, como eles dizem, e minha tia Helen sempre foi a rejeitada. O que é legal é que tia Helen nunca fez dieta. E tia Helen era "corpulenta". Ei, eu consegui!

Tia Helen sempre deixou a gente ficar acordado para ver *Saturday Night Live* quando ficava tomando conta da gente ou quando estava morando conosco e meus pais iam na casa de outro casal para beber e jogar jogos de tabuleiro. Quando eu era muito pequeno, lembro de ir dormir, enquanto meu irmão, minha irmã e tia Helen viam *O barco do amor* e *A Ilha da Fantasia*. Nunca pude ficar acordado quando era pequeno, e eu queria ficar, porque meu irmão e minha irmã falavam desses momentos às vezes. Talvez seja chato que agora sejam somente lembranças. E talvez não seja chato. E talvez seja só o fato de que nós adorávamos a tia Helen, especialmente eu, e era nessa época que eu podia ficar com ela.

Não vou começar a falar de lembranças de episódios de televisão, exceto de um, porque acho que nós fomos o tema, e é como aquelas coisas que a gente pode contar aos outros. Como eu não conheço você, imagino que talvez possa escrever sobre algo que você possa contar.

A família estava sentada, vendo o episódio final de *M*A*S*H*, e eu nunca vou me esquecer disso, embora fosse muito novo. Minha mãe estava chorando. Minha irmã estava chorando. Meu irmão estava fazendo toda a força que podia para não chorar. E meu pai saiu durante uma das cenas finais para fazer um sanduíche. Agora eu não me lembro muito do programa em si, porque eu era muito novo, mas meu pai nunca faz sanduíche, a não ser durante intervalos comerciais, e em geral ele só manda minha mãe fazer. Eu fui até a cozinha e vi meu pai fazendo um sanduíche... e chorando. Ele estava chorando muito mais até que a minha mãe. Mal pude acreditar. Quando ele terminou de fazer o sanduíche, colocou as coisas na geladeira, parou de chorar, esfregou os olhos e me viu.

Depois ele caminhou, deu um tapinha no meu ombro e disse: "Esse é nosso segredinho, tá bom, campeão?"

"Tá bom", eu disse.

Papai me levantou pelo braço que não estava segurando o sanduíche e me levou para a sala que tinha a televisão e me colocou no seu colo pelo resto do episódio. No final do programa, ele se levantou, desligou a tevê, olhou ao redor e disse:

– Foi um grande seriado.

– O melhor – falou minha mãe.

E minha irmã perguntou:

– Quanto tempo ficou no ar?

– Nove anos, idiota – respondeu meu irmão.

E minha irmã disse:

As vantagens de ser invisível

– Idiota é você.
– Parem com isso agora – ordenou meu pai.
E minha mãe disse:
– Ouçam o que seu pai está dizendo.
E meu irmão não disse nada.
E minha irmã não disse nada.
E anos depois eu descobri que meu irmão estava errado.

Fui até a biblioteca para procurar informações e descobri que o episódio a que nós assistimos foi o de maior audiência da história da televisão, o que me surpreendeu, porque havia apenas cinco de nós naquela sala.

Sabe como é... Um monte de crianças na escola odeia os pais. Alguns apanham deles. E alguns acabam caindo em uma vida errada. Alguns eram troféus para seus pais mostrarem aos vizinhos, como faixas ou medalhas de ouro. E alguns deles só queriam beber em paz.

Para mim, particularmente, apesar de não entender minha mãe e meu pai, e apesar de às vezes eu ter pena deles, não posso deixar de amá-los muito. Minha mãe vai ao cemitério de carro para visitar as pessoas que ela ama. Meu pai chorou durante o *M*A*S*H*, confiou em mim para guardar segredo, me deixou sentar no colo dele e me chamou de "campeão".

Aliás, eu só tenho uma cárie e, como disse meu dentista, não posso deixar de usar fio dental.

Com amor,
Charlie

6 de outubro de 1991

Querido amigo,

Estou envergonhado. Eu queria ir ao jogo de futebol americano do ensino médio no outro dia e não sei bem por quê. No ensino fundamental, às vezes Michael e eu íamos aos jogos, apesar de nenhum de nós ser popular o bastante para ir. Era só um lugar para se ir às sextas-feiras, quando não queríamos ver televisão. Às vezes, víamos a Susan por lá, e ela e Michael ficavam de mãos dadas.

Mas, desta vez, eu fui sozinho porque o Michael se foi, e Susan agora andava com garotos diferentes, e Bridget ainda é maluca, e a mãe do Carl o mandou para uma escola católica, e o Dave dos óculos esquisitos se mudou. Eu era só uma espécie de espectador, vendo quem estava namorando e quem estava de mãos dadas, e eu vi aquele garoto de que lhe falei. Lembra do Nada? O Nada estava lá no jogo de futebol e era uma das poucas pessoas não adultas que estavam assistindo realmente ao jogo. Quero dizer, estava assistindo ao jogo mesmo. Ele gritava coisas:

"Vamos lá, Brad!" Era o nome de nosso *quarterback*.

Agora, normalmente sou muito tímido, mas o Nada parecia o tipo de cara com quem você pode ir a um jogo de futebol, apesar de você ser três anos mais novo e não ser popular.

– Ei, você está na minha turma de trabalhos manuais! – Ele era muito simpático.

As vantagens de ser invisível

– Eu sou o Charlie – falei, sem timidez demais.
– E eu o Patrick. E esta é Sam. – Ele apontou para uma garota muito bonita perto dele. E ela se voltou para mim.
– E aí, Charlie? – Sam tinha um sorriso muito bonito. Os dois me disseram para sentar e pareciam falar a sério, então sentei. Ouvi o Nada gritando para o campo. E ouvi sua análise das jogadas. E imaginei que esse era o tipo de cara que conhecia futebol americano muito bem. Ele realmente conhecia futebol, como meu irmão. Talvez eu devesse chamar o Nada de "Patrick" de agora em diante, uma vez que agora ele se apresentou a mim e é assim que a Sam o chama.
Aliás, Sam tem cabelos castanhos e olhos verdes muito lindos. O tipo de verde que não revela muita coisa sobre a pessoa. Eu teria contado isso a você antes, mas, sob as luzes do estádio, tudo parecia meio desbotado. Foi só quando fomos para o Big Boy, e Sam e Patrick começaram a fumar, que eu dei uma boa olhada nela. O que foi legal no Big Boy foi o fato de que Patrick e Sam não faziam somente piadas particulares, me obrigando a tentar acompanhá-los. De jeito nenhum. Eles me fizeram perguntas:
– Quantos anos você tem, Charlie?
– Quinze.
– O que você quer fazer quando crescer?
– Ainda não sei bem.
– Qual é a sua banda favorita?
– Acho que os Smiths, porque adoro a música "Asleep", mas eu não tenho certeza porque não conheço as outras canções deles muito bem.

– Qual é o seu filme favorito?
– Não sei bem. Eles parecem todos iguais para mim.
– E seu livro favorito?
– *Este lado do paraíso*, do F. Scott Fitzgerald.
– Por quê?
– Porque foi o último que li.

Isso fez eles rirem, porque sabiam que eu estava sendo sincero, não estava me exibindo. Depois eles me contaram quais eram os favoritos deles e eu fiquei sentado em silêncio. Comi torta de abóbora porque a moça disse que estava na estação, e Patrick e Sam fumaram mais cigarros.

Olhei para eles e pareciam muito felizes juntos. Um tipo de felicidade legal. E apesar de eu ter achado a Sam muito bonita e legal, e ela ser a primeira garota que eu já quis convidar para sair quando pudesse dirigir, não me importei que ela tivesse namorado, especialmente se ele era um cara legal como o Patrick.

– Há quanto tempo vocês estão juntos? – perguntei.

Então eles começaram a rir. E riram muito mesmo.

– O que tem de tão engraçado nisso? – questionei.
– Nós somos irmãos – disse Patrick, ainda rindo.
– Mas não parece – falei.

E aí Sam explicou que eles na verdade eram meio-irmãos, porque o pai de Patrick se casou com a mãe dela. Fiquei muito feliz em saber disso porque eu queria muito convidar a Sam para sair um dia desses. Realmente queria. Ela era muito legal.

Mas fiquei com vergonha, porque naquela noite tive um sonho estranho. Foi com a Sam. E nós dois estávamos nus. E suas pernas estavam jogadas nas laterais do sofá.

E eu acordei. E nunca tinha sentido nada tão bom na minha vida. Mas eu também me senti mal, porque vi Sam nua sem a permissão dela. Acho que eu devia contar à Sam sobre o sonho, e espero realmente que isso não impeça que talvez a gente faça nossas piadas particulares. Seria muito legal ter um amigo novamente. Gostaria disso mais do que de uma namorada.

Com amor,
Charlie

14 de outubro de 1991

Querido amigo,

    Você sabe o que é "masturbação"? Acho que você deve saber, porque é mais velho que eu. Mas, de qualquer forma, eu vou contar a você. Masturbação é quando você esfrega seus genitais até ter um orgasmo. Uau!
    Eu pensava que naqueles filmes e programas de tevê, quando eles falavam de fazer uma pausa para o café, que eles deviam ter uma pausa para a masturbação. Mas, pensando bem, acho que isso diminuiria a produtividade.
    Só estou sendo engraçadinho aqui. Eu não quis dizer realmente isso. Só queria fazer você rir.
    Eu disse a Sam que sonhei que ela e eu estávamos nus no sofá, e comecei a chorar porque me senti mal, e sabe o

que ela fez? Ela riu. Não um riso maldoso, isso não. Um riso caloroso, realmente legal. Ela disse que pensava que eu estava brincando. E disse que estava tudo bem eu ter sonhado com ela. E eu parei de chorar. Sam depois me perguntou se eu a achava bonita, e eu disse que achava que ela era "adorável". Sam, então, olhou bem nos meus olhos.

– Você sabe que é novo demais para mim, não é, Charlie? Você sabe disso, né?

– É, eu sei.

– Eu não quero que você perca seu tempo pensando em mim desta forma.

– Eu não penso. Foi só um sonho.

Sam então me deu um abraço, e foi estranho, porque minha família nunca se abraçou muito, exceto minha tia Helen. Mas, depois de alguns segundos, eu pude sentir o perfume de Sam e seu corpo contra o meu. E eu recuei.

– Sam, estou pensando em você daquele jeito.

Ela apenas olhou para mim e sacudiu a cabeça. Depois colocou o braço em torno dos meus ombros e caminhou comigo pelo corredor. Encontramos Patrick do lado de fora porque às vezes eles não gostam de ir à aula. Eles prefeririam fumar.

– Charlie teve uma "charlice" por minha causa, Patrick.

– Ele teve, é?

– Estou tentando não ter – disse, o que fez com que eles rissem.

Patrick então pediu a Sam para sair, o que ela fez, e explicou algumas coisas a mim, assim eu saberia como

As vantagens de ser invisível

abordar outras garotas e não perder meu tempo pensando na Sam daquele jeito.

— Charlie, ninguém disse a você como isso funciona?

— Acho que não.

— Bom, tem algumas regras que devem ser seguidas aqui, não porque você queira, mas porque tem de seguir. Entendeu?

— Acho que sim.

— Está bem. Veja as garotas, por exemplo. Elas imitam as mães, as revistas e tudo o que precisam saber sobre como abordar os garotos.

Pensei nas mães, nas revistas e em todo tipo de coisa, e o pensamento me deixou nervoso, especialmente quando isso inclui a tevê.

— Eu quero dizer que não é como nos filmes, em que as garotas gostam de idiotas ou coisa parecida. Não é tão fácil assim. Elas gostam de alguém que possa dar a elas um propósito.

— Um propósito?

— É. Sabe como é, as garotas gostam de caras que representem um desafio. Isso dá a elas um modelo que determina como devem agir. Como uma mãe. O que uma mãe faria se não pudesse obrigar você a usar fio dental e mandasse você limpar seu quarto? E o que você faria sem o fio dental e as ordens dela? Todo mundo precisa de uma mãe. E uma mãe sabe disso. E isso dá a ela um senso de propósito. Sacou?

— Saquei — eu disse, apesar de não ter sacado nada. Mas entendi o bastante para dizer "Saquei" sem mentir.

— O caso é que algumas garotas acham que podem mudar os caras. E o engraçado é que, se elas realmente os mudassem, ficariam entediadas. Não teriam desafio nenhum. Você deve dar às garotas algum tempo para pensar em uma nova forma de fazer as coisas, é isso. Algumas resolvem isso rapidamente. Algumas mais tarde. Outras nunca. Eu não me preocuparia muito com isso.

Mas acho que fiquei preocupado com isso. Fiquei preocupado com isso desde que ele falou comigo. Eu via as pessoas de mãos dadas nos corredores e tentava entender como tudo isso funciona. Nos bailes da escola, eu sento no fundo, fico tamborilando com os dedos e imagino como muitos casais dançarão a "sua música". Nos corredores, vejo as garotas vestindo as jaquetas dos rapazes e penso no conceito de propriedade. E me pergunto se alguém é realmente feliz. Espero que sejam. Realmente espero que sejam.

Bill me viu olhando as pessoas e, depois da aula, me perguntou no que eu estava pensando, e eu disse a ele. Ele ouviu, concordou com a cabeça e fez ruídos "afirmativos". Quando eu terminei, seu rosto mudou para uma expressão de "papo sério".

— Você sempre pensa muito nisso, Charlie?

— Isso é ruim? — Eu só queria que alguém me dissesse a verdade.

— Não necessariamente. É só que às vezes as pessoas usam o pensamento para não participar da vida.

— Isso é ruim?

— É.

— Mas eu acho que participo. Você não acha?

— Bom, você dança nesses bailes?

As vantagens de ser invisível

– Eu não sei dançar bem.
– Está saindo com garotas?
– Bom, eu não tenho carro, e mesmo que tivesse não poderia dirigir porque só tenho quinze anos, e, de qualquer forma, não conheci nenhuma garota de que gostasse, exceto a Sam, mas sou novo demais para ela, e ela teria de dirigir sempre, o que não acho certo.

Bill sorriu e continuou a me fazer perguntas. Lentamente, ele passou para os "problemas em casa". E eu falei com ele do cara que grava fitas e que bateu na minha irmã, porque minha irmã só me disse para não contar à mamãe ou ao papai sobre isso, então eu imaginei que podia contar para o Bill. Ele assumiu uma expressão séria depois que contei a ele, e disse alguma coisa para mim que não acho que vou esquecer nem neste semestre nem nunca.

– Charlie, a gente aceita o amor que acha que merece.

Eu fiquei ali, quieto. Bill deu um tapinha no meu ombro e um novo livro para ler. Depois disse que estava tudo bem.

Em geral, eu vou para casa a pé depois da escola porque faz com que eu me sinta digno de mérito. Quero dizer que desejo poder contar a meus filhos que eu ia a pé da escola para casa como meus avós fizeram nos "velhos tempos". É estranho que eu esteja planejando isso, considerando que nunca tive uma namorada, mas acho que faz sentido. Em geral, ir a pé leva uma hora a mais do que de ônibus, mas só vale a pena quando o tempo está bom e frio, como o de hoje.

Quando finalmente cheguei em casa, minha irmã estava sentada numa cadeira. Minha mãe e meu pai estavam sentados de frente para ela. E eu soube que Bill tinha ligado para casa e falado com eles. E me senti péssimo. A culpa foi toda minha.

Minha irmã estava chorando. Minha mãe estava muito quieta. Só meu pai falava. Ele disse que minha irmã nunca mais ia ver o rapaz que tinha batido nela e que ia ter uma conversa com os pais do garoto naquela noite. Minha irmã então disse que tinha sido culpa dela, que ela o havia provocado, mas meu pai disse que aquilo não era desculpa.

– Mas eu o amo! – Nunca vi minha irmã chorar tanto.

– Não ama não.

– Eu odeio você!

– Não odeia não. – Meu pai às vezes podia ser muito calmo.

– Ele é a minha vida.

– Nunca mais diga uma coisa dessas novamente. Nem mesmo para mim. – Era minha mãe falando.

Minha mãe escolhe suas batalhas cuidadosamente e posso dizer a você uma coisa sobre a minha família. Quando minha mãe diz alguma coisa, ela sempre consegue o que quer. E naquela hora não foi exceção. Minha irmã parou de chorar de imediato.

Depois disso, meu pai deu um raro beijo na testa de minha irmã. Saiu de casa, foi para o seu Oldsmobile e deu a partida. Acho que ele foi conversar com os pais do cara. E eu fiquei com muita pena deles. Dos pais dele, quero dizer. Porque meu pai não perde uma briga. Nunca.

Minha mãe depois foi para a cozinha, para fazer a comida favorita da minha irmã, e minha irmã olhou para mim.

As vantagens de ser invisível

– Eu odeio você.

Minha irmã disse isso de uma forma diferente da que falou com meu pai. Ela quis dizer isso para mim. Quis mesmo. – Eu te amo – foi o que consegui responder.

– Você é um anormal, sabia? Sempre foi anormal. Todo mundo diz isso. Sempre disseram.

– Estou tentando não ser assim.

Depois, eu me virei, fui para o meu quarto, fechei a porta e coloquei minha cabeça no travesseiro. Deixei que o silêncio colocasse as coisas no seu devido lugar.

Por falar nisso, imagino que você deve estar curioso a respeito do meu pai. Será que ele batia em nós quando éramos crianças ou bate agora? Estou achando que você deve estar curioso porque o Bill ficou, depois que eu contei a ele sobre o cara e minha irmã. Bom, se é isso que está pensando, não, ele não bate. Ele nunca encostou um dedo em meu irmão ou na minha irmã. E a única vez em que ele me deu um tapa foi quando eu fiz tia Helen chorar. E depois que nós nos acalmamos, ele se ajoelhou na minha frente e disse que o padrasto dele tinha batido muito nele, e ele decidiu na faculdade, quando minha mãe estava grávida de meu irmão mais velho, que nunca bateria nos filhos. E ele se sentiu muito mal por ter feito isso. E ele estava tão arrependido. E nunca mais bateu em mim de novo.

Ele só é duro às vezes.

Com amor,
Charlie

15 de outubro de 1991

Querido amigo,

    Acho que esqueci de dizer em minha última carta que foi o Patrick que me falou de masturbação. Acho que esqueci de dizer a você a frequência com que eu faço isso, que é muita. Eu não gosto de olhar fotos. Só fecho meus olhos e imagino uma mulher que não conheço. E eu tento não ter vergonha. Nunca pensei na Sam quando faço isso. Nunca. Isso é muito importante para mim, porque fiquei muito feliz quando ela disse "charlice", porque achei que era uma espécie de piada particular.

    Uma noite, eu me senti tão culpado que prometi a Deus que nunca mais faria isso novamente. Então comecei a usar os cobertores, mas os cobertores machucavam, então comecei a usar o travesseiro, mas o travesseiro machucava, então eu voltei ao normal. Eu não fui criado com muita religião porque meus pais frequentaram a escola católica, mas acredito muito em Deus. Só nunca dei um nome a Deus, entende o que quero dizer? Espero não O estar decepcionando, apesar disso.

    Aliás, meu pai teve uma conversa séria com os pais do garoto. A mãe do cara ficou com muita raiva e gritou com o filho. O pai ficou quieto. E meu pai não foi inconveniente com eles. Não lhes disse que fizeram um "trabalho ruim" na criação do filho ou coisa parecida.

As vantagens de ser invisível

No que dizia respeito a ele, só o que lhe interessava era manter o filho deles longe da sua filha. Uma vez que isso ficasse claro, ele deixaria aquela família em paz e iria para casa cuidar da sua. Pelo menos foi como ele contou.

A única coisa que eu perguntei a meu pai foi sobre os problemas do garoto em casa. Se ele achava que os pais batiam no filho. Ele me disse para cuidar da minha vida. Porque ele não sabia e nunca perguntaria, e não achava que isso tinha importância.

"Nem todo mundo tem uma história triste, Charlie, e mesmo que tivesse, isso não é desculpa."

Foi tudo o que ele disse. E depois fomos ver televisão.

Minha irmã ainda está zangada comigo, mas meu pai disse que eu fiz a coisa certa. Espero que tenha feito, mas às vezes é duro dizer isso.

Com amor,
Charlie

28 de outubro de 1991

Querido amigo,

Desculpe por não ter escrito para você por duas semanas, mas eu estava tentando "participar", como disse o Bill. É estranho, porque às vezes eu leio um livro e acho que sou um personagem. E também, quando escrevo cartas, fico uns dois dias pensando no que imaginei em minhas cartas. Não sei se isso é bom ou ruim. Mas eu estou tentando participar.

Aliás, o livro que o Bill me deu era *Peter Pan*, de J. M. Barrie. Eu sei o que você está pensando. O Peter Pan dos desenhos com os garotos perdidos. O livro é muito melhor do que isso. É sobre esse garoto que se recusa a crescer, e quando Wendy cresce, ele se sente traído. Pelo menos foi o que eu entendi. Acho que Bill me deu o livro para me ensinar alguma lição.

A boa notícia é que eu li o livro e, por causa de sua natureza fantástica, não fingi que estava no livro. Assim eu consegui participar e ainda assim ler.

No que se refere à minha participação nas coisas, estou tentando ir a eventos sociais que são promovidos na minha escola. É tarde demais para me associar a algum clube ou coisa parecida, mas eu ainda tento ir aos eventos que posso. Coisas como o jogo de futebol de ex-alunos e os bailes, mesmo que eu não tenha namorada.

Não consigo conceber que um dia voltarei para casa para um jogo de futebol de ex-alunos depois que eu sair daqui, mas foi divertido imaginar isso. Encontrei Patrick e Sam sentados em seu lugar de sempre na arquibancada e comecei a fingir que não os via há um ano, embora eu os tenha encontrado naquela tarde no almoço, quando comi minha laranja e eles fumavam cigarro.

"Patrick... é você mesmo? E Sam... faz tanto tempo. Quem está ganhando? Meu Deus, a faculdade é uma barra. Meu professor está me fazendo ler vinte e sete livros em uma semana, e minha namorada precisa de mim para pintar placas de protesto para uma manifestação na terça. Deixe aqueles administradores saberem o que são os negócios. Meu pai está ocupado com o golfe e só o que minha mãe faz é jogar tênis. Precisamos fazer isso de novo. Eu até ficaria, mas tenho de pegar a minha irmã no workshop emocional que ela está fazendo. Ela está indo bem. A gente se vê."

E então eu saía. Eu faria uma concessão e compraria três *nachos* e uma diet Coke para a Sam. Quando eu voltasse, me sentaria e daria os *nachos* a Patrick e a Sam, e a Diet Coke da Sam. E Sam sorriria. O bom a respeito da Sam é que ela não me acha maluco por fingir essas coisas. Nem o Patrick, mas ele fica ocupado demais assistindo ao jogo e gritando com Brad, o *quarterback*.

Sam me disse durante o jogo que mais tarde eles iriam a uma festa na casa de um amigo. Depois ela me perguntou se eu não queria ir também e eu disse que sim, porque nunca fui a uma festa antes. Mas tinha visto uma na minha casa.

Meus pais tinham ido para Ohio para o casamento, ou o enterro, de uma prima muito distante. Não me lembro bem. E deixaram meu irmão tomando conta da casa. Ele tinha dezesseis anos na época. Meu irmão aproveitou a oportunidade para dar uma grande festa com cerveja e tudo. Ele me mandou ficar no meu quarto, e por mim estava tudo bem, porque era ali que todo mundo estava guardando os casacos, e foi divertido fuçar todos aqueles bolsos. A cada dez minutos mais ou menos, uma garota e um garoto bêbados apareciam ali para ver se podiam se agarrar no meu quarto ou coisa parecida. Depois eles me viam e davam o fora. Quer dizer, exceto um casal.

    Este casal, que depois fiquei sabendo que era muito popular e estava apaixonado, entrou no meu quarto e me perguntou se eu me importava que eles o usassem. Eu disse que meu irmão e minha irmã tinham falado para eu não sair dali, e eles perguntaram se podiam usar o quarto de qualquer forma, comigo lá dentro. Eu disse que não via problema nisso, e eles fecharam a porta e começaram a se beijar. E se beijaram muito. Depois de alguns minutos, a mão do cara levantou a blusa da garota e ela começou a protestar:

    – Para com isso, Dave.
    – O quê?
    – O garoto está aqui.
    – Está tudo bem.

    E o cara continuou a levantar a blusa da garota, e embora ela tenha dito não, ele continuou. Depois de alguns minutos, ela parou de reclamar, e ele arrancou a blusa dela. Ela usava um sutiã branco com fecho. Eu sinceramente não sabia o que fazer àquela altura. Rapidinho ele tirou o sutiã dela e começou a beijar os seios. E depois ele colocou a mão nas calças dela, e ela começou a gemer. Acho que eles estavam muito bêbados. Ele conseguiu tirar as calças dela, mas ela começou a chorar muito, então ele tirou as próprias calças. Arriou as calças e a cueca até os joelhos.

    – Não, Dave, por favor, não.

Mas o cara falava mansinho com ela sobre como era bonita e coisas assim, e ela pegou o pênis dele e começou a movimentá-lo. Eu acho que podia descrever isso de uma forma mais elegante, sem usar palavras como pênis, mas foi assim que as coisas aconteceram.

Depois de alguns minutos, o cara empurrou a garota para baixo e ela começou a beijar o pênis dele. Ela ainda estava chorando. Finalmente, ela parou de chorar, porque ele colocou o pênis na boca da garota, e eu não acho que dê para chorar nessa situação. Àquela altura, eu tinha parado de olhar, porque comecei a ficar meio enjoado, mas eles continuaram e fizeram outras coisas, e ela sempre dizia "não". Até quando eu tapei os ouvidos ainda podia ouvir a garota dizendo isso.

Minha irmã chegou trazendo-me uma tigela de batatas fritas e, quando ela encontrou o garoto e a garota, eles pararam. Minha irmã ficou muito encabulada, mas não tanto quanto a garota. O cara parecia um pateta. Ele não disse nada. Depois que eles saíram, minha irmã se voltou para mim.

– Eles sabiam que você estava aqui?

– Sabiam. Eles me pediram para usar o quarto.

– Por que você não fez eles pararem?

– Eu não sabia o que eles estavam fazendo.

– Seu pervertido – foi a última coisa que a minha irmã disse antes de sair do quarto, ainda com a tigela de batatas fritas nas mãos.

Eu contei isso a Sam e Patrick, e eles ficaram em silêncio. Sam disse que ela andou saindo com o Dave durante algum tempo, antes de passar a gostar de *punk*, e Patrick disse que tinha ouvido falar da festa. Eu não me surpreendi com o que ele fez porque tinha se tornado uma espécie de lenda. Pelo menos foi o que ouvi falar quando disse a alguns garotos quem era meu irmão mais velho.

   Quando a polícia chegou, encontrou meu irmão dormindo no telhado. Ninguém sabia como ele tinha chegado lá. Minha irmã estava se agarrando na lavanderia com um veterano. Ela era caloura naquela época. Muitos pais chegaram a casa para pegar os filhos, e muitas garotas estavam chorando e vomitando. A maioria dos caras tinha caído fora naquela altura. Meu irmão estava com um problemão, e minha irmã tinha tido uma "conversa séria" com meus pais sobre más influências. E foi assim que aconteceu.

   O garoto chamado Dave agora é veterano. Ele joga no time de futebol. Tem um aparelho de som enorme. Eu estava assistindo ao fim do jogo quando Dave pegou um *touchdown* do Brad. Acabou que nossa escola ganhou a partida. E as pessoas ficaram malucas nas arquibancadas porque tínhamos vencido. Mas tudo o que eu conseguia pensar era naquela festa. Pensei nisso em silêncio por muito tempo, depois olhei para Sam.

– Ele a estuprou, não foi?

Ela apenas concordou. Eu não sabia se ela estava triste ou se só sabia de mais coisas do que eu.

– Nós devíamos contar a alguém, não é?

Sam só sacudiu a cabeça naquela hora. Ela então explicou sobre todas as coisas que você tem de fazer para se

As vantagens de ser invisível

mostrar, especialmente no ensino médio, quando o cara e a garota são populares e estão apaixonados.

No dia seguinte ao baile de ex-alunos, eu os vi dançando juntos. Dave e a garota dele. E fiquei furioso. Acho que me assustei com o quanto fiquei furioso. Pensei em ir até o Dave e bater nele, da mesma forma que eu machuquei o Sean. E acho que teria feito isso, mas a Sam me viu e colocou o braço em meus ombros, como sempre faz. Ela me acalmou e fiquei contente de ela ter feito isso, porque acho que eu teria ficado ainda mais furioso se começasse a bater no Dave e sua garota tentasse me fazer parar porque gostava dele. Acho que eu teria ficado muito mais enfurecido com isso.

Então decidi fazer uma coisa melhor: esvaziar os pneus do carro do Dave. A Sam sabia onde o carro dele estava.

Eu tive uma sensação na sexta à noite, depois do jogo de ex-alunos, que não sei se serei capaz de descrever, a não ser que eu diga que foi ardente. Sam e Patrick me levaram de carro à festa naquela noite, e eu me sentei no meio na picape de Sam. Ela adora a picape, porque eu acho que o carro a fez se lembrar do pai. A sensação me aconteceu quando Sam disse a Patrick para encontrar alguma coisa no rádio. E ele só encontrava comerciais. E comerciais. E uma música de amor muito ruim que tinha a palavra "baby". E depois mais comerciais. E por fim ele encontrou esta canção realmente maravilhosa sobre um cara, e nós ouvimos em silêncio.

Sam batucava com as mãos no volante. Patrick colocou o braço para fora do carro e fazia ondas no ar. E eu fiquei sentado entre os dois. Depois que a música terminou, eu disse uma coisa:

"Eu me sinto infinito."

E Sam e Patrick olharam para mim e disseram que foi a melhor coisa que já tinham ouvido. Porque a música era ótima e porque estávamos prestando muita atenção nela. Cinco minutos de toda uma vida tinham passado, e nós nos sentíamos jovens de uma forma legal. Eu cheguei a comprar o disco e contaria a você como foi, mas na verdade não foi o mesmo que estar em um carro a caminho de sua primeira festa de verdade, e você está sentado no meio da picape com duas pessoas legais quando começa a chover.

Chegamos a casa onde a festa estava rolando e Patrick deu a batida secreta. É difícil descrever a batida sem fazer nenhum som. A porta se abriu um pouco e aquele cara com o cabelo crespo olhou pra nós.

– Patrick vulgo Patty vulgo Nada?
– Bob.

A porta se abriu e os velhos amigos se abraçaram. Depois, Sam e Bob se deram um abraço. E depois a Sam falou:

– Esse é nosso amigo, o Charlie.

E você não vai acreditar nisso. O Bob me abraçou! Sam me disse, quando estávamos pendurando os casacos, que o Bob era "doidão como um porra-louca". Eu tenho de contar isso, embora tenha um palavrão.

A festa acontecia no porão da casa. O porão estava enfumaçado e os garotos eram muito mais velhos. Havia duas meninas mostrando suas tatuagens uma à outra e usando piercings no umbigo. Veteranas, eu acho.

O cara chamado Fritz qualquer coisa estava comendo um monte de *Twinkies*. A namorada do Fritz falava com ele sobre os direitos das mulheres e ele só dizia "Eu sei, gata".

Sam e Patrick começaram a fumar. Bob foi para a cozinha quando ouviu a campainha. Quando voltou, trouxe uma lata de cerveja Milwaukee Best para cada um e dois novos convidados da festa. Era a Maggie, que precisou usar o banheiro. E o Brad, o *quarterback* do time de futebol do ensino médio. Sem brincadeira!

Não sei por que isso me empolgou, mas acho que quando você vê alguém no corredor da escola ou no campo de futebol, ou em outro lugar assim, é legal saber que ele é uma pessoa real.

Todo mundo foi simpático comigo e me fez um monte de perguntas sobre minha vida. Acho que porque eu era o mais novo, e eles não queriam que eu ficasse deslocado, especialmente depois que eu disse que não queria uma cerveja. Uma vez bebi uma cerveja com o meu irmão, quando eu tinha doze anos, e não gostei nada. Para mim, era simples assim.

Algumas perguntas que me fizeram foram sobre em que ano eu estava e o que eu vou fazer quando crescer.

– Sou calouro e não sei bem ainda.

Olhei em volta e vi que Sam e Patrick tinham saído com o Brad. Foi quando Bob apareceu com comida.

– Quer um brownie?

— Quero. Obrigado.

Eu estava com muita fome, porque normalmente Sam e Patrick me levavam ao Big Boy depois dos jogos de futebol e acho que me acostumei com isso. Comi o brownie e o sabor era meio estranho, mas ainda era um brownie, então eu gostei. Mas não era um brownie comum. Quando você ficar mais velho, acho que vai entender que tipo de brownie era aquele.

Depois de meia hora, a sala começou a girar. Eu estava falando com uma das garotas com o piercing no umbigo e parecia que ela estava em um filme. Comecei a piscar muito, a olhar em volta, e a música parecia pesada como água.

Sam voltou e, quando me viu, falou com o Bob:

— O que é que você fez?

— Para com isso, Sam. Ele gosta. Pergunte a ele.

— Como está se sentindo, Charlie?

— Leve.

— Tá vendo? — Bob parecia um pouco nervoso, o que eu depois chamaria de paranoia.

Sam se sentou do meu lado e pegou minha mão, que estava fria.

— Está vendo alguma coisa, Charlie?

— Luz.

— Está se sentindo bem?

— Hum-hum.

— Está com sede?

— Hum-hum.

— O que você quer beber?

— Um milkshake.

As vantagens de ser invisível

E todo mundo na sala, exceto Sam, caiu na gargalhada.
— Ele tá chapado.
— Está com fome, Charlie?
— Hum-hum.
— O que você quer comer?
— Um milkshake.

Não sei se eles teriam rido ainda mais se eu tivesse dito que era tudo muito divertido. Depois Sam pegou minha mão e me ergueu naquele chão que girava.
— Vamos. Você vai tomar seu milkshake.

Quando estávamos saindo, Sam se virou para Bob.
— Eu ainda acho que você é um idiota.

Só o que Bob fez foi rir. E Sam acabou rindo também. E eu fiquei contente, porque todo mundo parecia feliz.

Sam e eu fomos para a cozinha e ela acendeu a luz. Uau! Era tão brilhante, eu não podia acreditar. Era como se você visse um filme no cinema de dia e, quando sai do cinema, não consegue acreditar que ainda é dia do lado de fora. Sam pegou um pouco de sorvete, leite e o liquidificador. Eu perguntei-lhe onde era o banheiro, e ela me apontou o canto quase como se fosse a casa dela. Acho que ela e Patrick passaram muito tempo ali quando Bob ainda estava no ensino médio.

Quando saí do banheiro, ouvi um barulho no quarto onde deixamos os casacos. Abri a porta e vi Patrick beijando o Brad. Foi um beijo meio roubado. Eles me ouviram na porta e se viraram. Patrick falou primeiro:
— É você, Charlie?

— Sam está fazendo um milkshake para mim.
— Quem é o garoto? — Brad parecia muito nervoso, mas não como Bob.
— É um amigo meu. Relaxa.

Patrick então me tirou do quarto e fechou a porta. Colocou as mãos nos meus ombros e olhou direto nos meus olhos.

— Brad não quer que as pessoas saibam.
— Por quê?
— Porque ele está assustado.
— Por quê?
— Porque ele é... peraí... você está doidão?
— Eles disseram que eu estava chapado. A Sam está fazendo um milkshake.

Patrick tentou conter o riso.

— Olha, Charlie. O Brad não quer que as pessoas saibam. Preciso que você prometa que não vai contar a ninguém. Será nosso segredinho. Tá bom?
— Tá bom.
— Obrigado.

E com isso, Patrick se virou e voltou para o quarto. Ouvi algumas vozes abafadas, e Brad parecia chateado, mas não achei que fosse problema meu, então voltei para a cozinha.

Tenho de dizer que foi o melhor milkshake que já tomei na minha vida. Estava tão delicioso que quase me assustou.

Antes de sair da festa, Sam colocou algumas de suas canções favoritas para mim. Uma era chamada "Blackbird". A outra era "MLK". As duas eram muito bonitas.

Mencionei os títulos porque eles também eram bons quando ouvi quando estava sóbrio.

Outra coisa interessante aconteceu na festa antes de nós sairmos. Patrick descia as escadas. Acho que Brad tinha ido embora. E Patrick sorria. E Bob começou a sacanear, dizendo que ele estava caído pelo *quarterback*. E Patrick sorriu ainda mais. Não acho que tenha visto o Patrick sorrir tanto. Depois Patrick apontou para mim e disse uma coisa ao Bob:

— Ele é uma figura, né?

Bob concordou. Patrick depois disse alguma coisa que acho que nunca vou esquecer.

— Ele é invisível.

E Bob assentiu com a cabeça. E todos no porão fizeram o mesmo. E comecei a ficar nervoso como Bob, mas Patrick não me deixou ficar nervoso demais. Sentou-se do meu lado.

— Você vê as coisas. Você guarda silêncio sobre elas. E você compreende.

Não sei o que as outras pessoas estavam achando de mim. Não sei o que elas pensavam. Eu estava sentado no chão de um porão, na minha primeira festa de verdade, entre Sam e Patrick, e lembro que Sam me apresentou como amigo a Bob. E lembro que Patrick fez a mesma coisa com o Brad. E comecei a chorar. E ninguém naquele porão me achava estranho por estar fazendo isso. E depois eu comecei a chorar pra valer.

Bob ergueu seu drinque e pediu a todos que fizessem o mesmo.

"A Charlie."

E todo o grupo disse: "A Charlie."

Eu não sei por que eles fizeram aquilo, mas foi muito especial para mim. Particularmente a Sam. Especialmente ela.

Eu lhe contaria mais sobre o baile de ex-alunos, mas agora que estou pensando no assunto, ter esvaziado os pneus do carro de Dave foi a melhor parte. Eu tentei dançar como o Bill sugeriu, mas em geral gosto de músicas que não são para dançar, e então não danço muito bem. Sam estava muito bonita naquele vestido, mas eu estava tentando não prestar atenção porque me esforçava para não pensar daquele jeito.

Percebi que Brad e Patrick não se falaram durante o baile porque Brad estava dançando com uma líder de torcida chamada Nancy, que era a namorada dele. E percebi que minha irmã estava dançando com quem não deveria, ainda que fosse o cara que a havia apanhado em casa.

Depois do baile, nós fomos na picape de Sam. Desta vez, foi o Patrick que dirigiu. Quando estávamos nos aproximando do túnel Fort Pitt, Sam pediu a Patrick para parar no acostamento. Não sei o que estava acontecendo. Sam então saltou para a traseira da picape e usava só o vestido do baile, sem o casaco. Ela disse a Patrick para dirigir e ele abriu um sorriso. Acho que eles já tinham feito isso antes.

De qualquer forma, Patrick começou a acelerar o carro, e antes que chegássemos ao túnel, Sam se levantou e o vento transformou seu vestido em ondas do mar. Quando chegamos ao túnel, todo o som foi engolido num vácuo e substituído por uma música no toca-fitas. Uma linda canção chamada "Landslide". Quando chegamos ao fim do túnel, Sam deu um grito muito divertido, e foi isso. Chegamos ao centro. As luzes nos prédios e todo o resto eram maravilhosos. Sam se sentou e começou a rir. Patrick também riu. Eu comecei a rir.

E naquele momento eu seria capaz de jurar que éramos infinitos.

Com amor,
Charlie

PARTE 2

7 de novembro de 1991

Querido amigo,

Esse foi um daqueles dias em que eu não me importo de ir à escola porque o dia estava lindo. O céu estava coberto de nuvens e o ar parecia um banho morno. Não acho que tenha tido essa sensação de limpeza antes. Quando fui para casa, tive de aparar a grama para ganhar minha mesada e não me importei nem um pouco. Eu só ouvi música, vivi o dia e rememorei coisas. Coisas como andar pelo bairro, olhar as casas, os gramados, as árvores coloridas e ficar satisfeito com tudo.

Eu não entendo nada de zen e essas coisas que os chineses ou indianos fazem como parte de sua religião, mas uma das garotas da festa com a tatuagem e o piercing no umbigo era budista desde julho. Ela fala muito pouco, exceto de como os cigarros estavam caros. Eu a vejo no almoço às vezes, fumando entre Patrick e Sam. O nome dela é Mary Elizabeth.

Mary Elizabeth me disse que uma coisa sobre o zen é que ele faz com que você se conecte com tudo no mundo. Você é parte das árvores, da relva e dos cães. Coisas assim.

Ela chegou a explicar como sua tatuagem simbolizava isso, mas não consigo me lembrar como. Então, acho que o zen é um dia como esse, quando você é parte do ar e se lembra de coisas.

Uma coisa de que me lembrei é que os garotos costumavam brincar de um jogo. O que você tinha de fazer era pegar uma bola de futebol ou de qualquer outra coisa, uma pessoa a carregaria e todos os outros tentariam derrubá-la. E depois quem estivesse com a bola correria com ela e os garotos tentariam derrubá-lo. Isso podia durar horas. Eu nunca entendi direito o sentido desse jogo, mas meu irmão adorava. Ele não gostava de correr com a bola tanto quanto de derrubar as pessoas. Os garotos chamavam o jogo de "detonar a bicha". Até agora não sei o que isso significa.

Patrick me contou a história sobre ele e Brad, e agora eu entendo por que o Patrick não ficou com raiva do Brad no baile de ex-alunos por ele ter dançado com uma garota. Quando eles eram calouros, Patrick e Brad foram a uma festa juntos com o resto dos garotos populares. Patrick já era muito popular antes que Sam comprasse fitas legais para ele.

Patrick e Brad beberam muito naquela festa. Na verdade, Patrick disse que Brad estava fingindo ser um bebedor melhor do que de fato era. Eles estavam sentados no porão com uma garota chamada Heather, e quando ela saiu para ir ao banheiro, Brad e Patrick ficaram sozinhos. Patrick disse que foi constrangedor e excitante para os dois.

– Você está na turma do Sr. Brosnahan, não é?
– Você já viu o Laser Light Show do Pink Floyd?
– Cerveja antes de bebida mais pesada. Não enjoa nunca.

Quando acabou o assunto, eles ficaram olhando um para o outro. E terminaram se agarrando ali mesmo no porão. Patrick disse que foi como se o peso de todo o mundo tivesse desabado nos ombros deles.

Mas na segunda-feira, na escola, Brad dizia uma coisa só:

– Cara, eu estava tão chapado. Não me lembro de nada.

Ele dizia isso a todo mundo que esteve na festa. Disse isso algumas vezes às mesmas pessoas. Chegou a dizer a Patrick. Ninguém viu Patrick e Brad se agarrando, mas Brad continuava dizendo mesmo assim. Naquela sexta-feira, eles foram a outra festa. E desta vez Patrick e Brad ficaram chapados, embora Patrick tenha dito que Brad estava fingindo ficar mais chapado do que na verdade estava. E eles terminaram se agarrando de novo. E na segunda, na escola, Brad disse a mesma coisa:

– Cara, eu fiquei tão doidão. Não me lembro de nada.

Isso durou sete meses.

Chegou a um ponto que Brad começou a ficar doidão ou bêbado antes da escola. Não é que ele e Patrick se agarrassem na escola. Eles só faziam isso nas festas às sextas-feiras, mas Patrick disse que Brad não podia sequer olhar para ele no saguão, que dirá falar com ele. E isso foi duro também, porque Patrick gostava mesmo de Brad.

Quando chegou o verão, e não era preciso se preocupar com a escola nem nada disso, Brad bebeu e fumou ainda mais. Houve uma grande festa na casa de Patrick e Sam com a turma menos popular. Brad apareceu, o que causou uma agitação, porque ele era popular, mas Patrick não revelou por que Brad tinha ido à festa. Quando a maioria das pessoas foi embora, Brad e Patrick foram para o quarto do Patrick.

Eles fizeram sexo pela primeira vez naquela noite.

Não quero entrar em detalhes sobre isso, porque é uma coisa muito particular, mas direi que Brad assumiu o papel de garota em termos de onde você põe as coisas. Acho que é muito importante contar isso a você. Quando eles terminaram, Brad começou a chorar muito. Tinha bebido demais. E dessa vez estava doidão mesmo.

Independentemente do que Patrick fazia, Brad continuava a chorar. Brad não deixou Patrick abraçá-lo, o que parece triste para mim, porque, se eu faço sexo com uma pessoa, vou querer abraçá-la depois.

Por fim, Patrick vestiu as calças em Brad e disse a ele:
– Finja que você apagou.

Depois Patrick se vestiu e andou pela casa para voltar para a festa a partir de um ponto diferente. Ele também estava chorando muito e decidiu que, se alguém perguntasse, diria que os olhos estavam vermelhos de tanta fumaça. No fim, ele deu uma sacudida e foi para a sala onde a festa estava acontecendo. Fingiu que estava bêbado. Procurou a Sam. "Você viu o Brad?" Sam viu como estavam os olhos de Patrick. Depois ela falou para a festa:

As vantagens de ser invisível

"Ei, alguém viu o Brad?"

Ninguém na festa o tinha visto, então algumas pessoas começaram a procurar por ele. Finalmente o encontraram no quarto de Patrick... dormindo.

Por fim, Patrick chamou os pais de Brad porque ficou preocupado com ele. Patrick não lhes disse o porquê, mas disse que Brad se sentiu mal na festa e precisava ser levado para casa. Os pais de Brad chegaram, e o pai dele, junto com alguns dos rapazes, incluindo Patrick, levaram Brad para o carro.

Patrick não sabe se Brad estava realmente dormindo ou não naquela hora, mas, se não estava, ele fingiu muito bem. Os pais de Brad o mandaram para um curso de reforço porque o pai não queria que ele perdesse a oportunidade de uma bolsa de estudos de atleta na universidade. Patrick não viu Brad pelo resto do verão.

Os pais de Brad nunca imaginaram por que seu filho estava chapado e bebendo o tempo todo. Nem eles nem ninguém. Exceto as pessoas que sabiam.

Quando as aulas começaram, Brad evitou muito o Patrick. Ele nunca ia nas mesmas festas que o Patrick até pouco mais de um mês atrás. Foi na noite em que ele jogou umas pedras na janela de Patrick e disse a ele que ninguém poderia saber, e Patrick entendeu. Eles só se veem agora nos campos de golfe e nas festas, como as de Bob, onde as pessoas são tranquilas e compreendem essas coisas.

Perguntei a Patrick se ele ficou triste de ter de guardar segredo, e Patrick só disse que ele não ficou triste porque pelo menos agora Brad não tinha de beber ou ficar doidão para fazer amor com ele.

Com amor,
Charlie

8 de novembro de 1991

Querido amigo,

    Bill me deu meu primeiro B em inglês avançado por causa do meu trabalho sobre *Peter Pan*! Para dizer a verdade, eu não vi diferença nenhuma dos outros trabalhos. Ele me disse que meu senso de linguagem está melhorando, junto com minha estrutura frasal. Acho ótimo que eu possa estar melhorando nessas coisas sem perceber. Por falar nisso, Bill me deu um A no meu boletim e cartas a meus pais. As notas nesses trabalhos ficaram somente entre nós dois.
    Decidi que talvez eu queira escrever quando crescer. Só não sei o que eu escreveria.
    Acho que talvez eu escreva para revistas, assim não terei de ler artigos dizendo coisas como as que mencionei antes. "Enquanto limpa o molho de mostarda dos lábios, _____ me fala sobre seu terceiro marido e o poder curativo dos cristais." Mas, sinceramente, acho que seria um repórter muito ruim, porque não consigo me imaginar

sentado à mesa com um político ou uma estrela de cinema fazendo perguntas. Acho que provavelmente só pediria um autógrafo para minha mãe ou coisa assim. E provavelmente ficaria vermelho por fazer isso. Assim, eu pensei em talvez escrever para um jornal, em vez de revista, porque podia fazer perguntas para pessoas comuns, mas minha irmã diz que os jornais sempre mentem. Eu não sei se isso é verdade, então terei de ver quando ficar mais velho.

Comecei a trabalhar em um fanzine chamado *Punk Rocky*. É uma revista em xerox sobre *rock punk* e o *The Rocky Horror Picture Show*. Eu não escrevo para ela, mas ajudo.

Mary Elizabeth é quem coordena o fanzine, como é ela quem coordena os shows *The Rocky Horror Picture Show*. Mary Elizabeth é uma pessoa muito interessante porque tem uma tatuagem que simboliza o budismo, um piercing no umbigo e usa um penteado que a faz parecer maluca, mas quando ela coordena alguma coisa, age como meu pai quando chega em casa depois de "um longo dia". Ela é uma veterana e diz que minha irmã é implicante e esnobe. Eu disse a ela para não falar aquelas coisas da minha irmã novamente.

De tudo o que eu fiz este ano até agora, acho que gostei mais do *Rocky Horror Picture Show*. Patrick e Sam me levaram ao cinema para ver o filme na noite de Halloween. É muito divertido, porque todos os garotos se vestem como os personagens do filme, e eles imitam o filme diante da tela. Além disso, as pessoas gritam as dicas para o filme. Acho que você provavelmente já conhece, mas acho melhor contar para o caso de você não saber.

Patrick representa "Frank'n Furter". Sam representa "Janet". É muito difícil assistir ao filme porque Sam fica andando de calcinha quando representa Janet. Eu estou me esforçando muito para não pensar nela daquele jeito, e isso está ficando cada vez mais difícil.

Para dizer a verdade, eu amo a Sam. Não é como nos filmes de amor. Eu só olho para ela às vezes e acho que ela é a pessoa mais bonita e mais legal em todo o mundo. Ela também é muito inteligente e divertida. Escrevi um poema para Sam depois que a vi no *The Rocky Horror*, mas não mostrei a ela porque fiquei com vergonha. Eu o escreveria para você, mas acho que seria falta de respeito com a Sam.

O caso é que a Sam agora está saindo com um cara chamado Craig.

Craig é mais velho do que meu irmão. Acho que ele talvez tenha vinte e um, porque bebe vinho tinto. Craig representa "Rocky" no *Rocky Horror*. Patrick diz que Craig é do tipo "atraente e bem-talhado". Não sei de onde Patrick tira essas expressões.

Mas acho que ele está certo, Craig é atraente e bem-talhado. É também uma pessoa muito criativa. Ele está concluindo o Instituto de Arte daqui por ser modelo dos catálogos da JCPenney e coisas assim. Ele gosta de tirar fotografias. Eu vi algumas delas e são muito boas. Tem uma foto da Sam que é simplesmente linda. Seria impossível descrever como é bonita, mas vou tentar.

Se você ouvir a canção "Asleep" e pensar naqueles lindos dias de chuva que fazem você se lembrar das coisas, e você pensar nos mais belos olhos que já viu, e você chorar,

As vantagens de ser invisível

e a pessoa abraçar você, então eu acho que você vai ver a fotografia.

Eu quero que a Sam pare de gostar do Craig.

Agora eu acho que talvez você pense que é porque eu tenho ciúmes dela. Não é isso. Sinceramente. É só que Craig não a ouve quando ela fala. Não quero dizer que ele seja um cara ruim, porque não é. É só que ele sempre parece distraído.

É como se ele tirasse uma foto da Sam e a foto saísse linda. E ele pensasse que o motivo para a foto sair bonita fosse ele fotografar bem. Se eu fizesse a foto, saberia que o único motivo da beleza é a própria Sam.

Eu acho que é ruim quando um cara olha para uma garota e pensa que a forma como ele a vê é melhor do que a garota realmente é. E acho ruim quando a forma mais sincera de um cara olhar uma garota é através de uma câmera. É muito difícil para mim ver a Sam se sentir melhor consigo mesma só porque um cara mais velho a vê desta forma.

Perguntei a minha irmã sobre isso e ela disse que a Sam tinha uma autoestima baixa. Minha irmã também disse que a Sam tem uma fama de quando estava no ensino médio. De acordo com a minha irmã, a Sam costumava ser uma "rainha da felação". Espero que você saiba o que isso significa, porque eu realmente não posso pensar desse jeito na Sam e descrever isso para você.

Eu estou mesmo apaixonado pela Sam e isso dói muito.

Perguntei a minha irmã sobre o garoto no baile. Ela só falou nisso quando eu prometi que não contaria a ninguém, nem mesmo ao Bill. Então, eu prometi. Ela disse que estava vendo esse cara secretamente, desde que papai disse que ela não podia. Disse que pensa nele quando ele não está. Disse que vai se casar com ele quando os dois terminarem a faculdade e ele terminar o curso de direito.

Ela me disse para não me preocupar, porque ele não bateu nela novamente desde aquela noite e não vai bater nela de novo. Ela não disse mais nada além disso, embora continuasse falando.

Foi legal sentar com minha irmã naquela noite, porque ela quase nunca gosta de conversar comigo. Eu fiquei surpreso de ela falar tanto assim, mas acho que, como tem de guardar aquele segredo, não pode conversar com todo mundo. E acho que ela estava louca para conversar com alguém.

Mas apesar de ela ter me falado o contrário, eu me preocupo muito com ela. Afinal de contas, é minha irmã.

Com amor,
Charlie

12 de novembro de 1991

Querido amigo,

Eu adoro *Twinkies*, e o motivo para eu estar dizendo isso é que todos nós pensamos em razões para viver. Na aula de ciências, o Sr. Z. nos falou de um experimento em que eles pegavam um rato ou um camundongo e colocavam o rato ou camundongo em um lado de uma gaiola. Do outro lado da gaiola colocavam um pedaço de comida. Depois, colocavam o rato ou camundongo no lado original, e desta vez colocavam eletricidade em todo o piso onde o rato teria de andar para chegar à comida. Fizeram isso por algum tempo e o rato ou camundongo parava de ir até a comida a um certo nível de voltagem. Depois eles repetiram o experimento, mas substituíram a comida por alguma coisa que dava um prazer intenso no rato ou camundongo. Não sei o que era isso que dava tanto prazer, mas estou imaginando que era algum tipo de porre de rato ou camundongo. De qualquer modo, o que os cientistas descobriram foi que o rato ou camundongo suportava uma voltagem muito maior para ter prazer. Ainda mais do que para a comida.

Não sei o significado disso, mas achei muito interessante.

Com amor,
Charlie

15 de novembro de 1991

Querido amigo,

Está começando a ficar muito frio por aqui. O belo clima do inverno está quase chegando. A boa notícia é que os feriados de fim de ano estão chegando também, o que eu adoro especialmente agora, porque meu irmão virá para casa em breve. Talvez até para o Dia de Ação de Graças! Pelo menos eu espero que ele faça isso por minha mãe.

Meu irmão já não telefona para casa há algumas semanas, e mamãe continua falando de suas notas e hábitos de dormir e o que ele come, e meu pai continua dizendo a mesma coisa.

"Ele não está vindo aqui para ser maltratado."

Pessoalmente, prefiro pensar que a experiência de meu irmão na faculdade é parecida com os filmes. Não quero dizer aquele tipo de filme de festa de fraternidade. É mais como o filme onde o cara conhece uma garota inteligente que veste um monte de suéteres e bebe chocolate. Eles falam de livros e coisas assim e se beijam na chuva. Acho que isso seria muito bom para ele, especialmente se a garota fosse de uma beleza não convencional. Elas são o melhor tipo de garota, eu acho. Pessoalmente, acho as "supermodelos" estranhas. Não sei bem por quê.

Meu irmão, por outro lado, tem pôsteres de "supermodelos" e carros e cerveja e coisas como essas nas paredes do quarto dele. Acho que se você juntar a isso um chão

As vantagens de ser invisível

bagunçado, vai entender como é o quarto dele. Meu irmão sempre odiou fazer a cama, mas mantém o guarda-roupa organizado. Vai entender isso.

O caso é que, quando meu irmão liga para casa, ele não fala muito. Conversa sobre as aulas um pouco, mas principalmente sobre o time de futebol. A atenção no time é muito grande porque eles são muito bons e têm grandes jogadores. Meu irmão disse que um dos caras provavelmente será milionário um dia, mas que ele é "burro como uma porta". Acho que quis dizer que é burro demais.

Meu irmão contou uma história em que o time todo estava sentado no vestiário, falando todo tipo de coisas que eles tinham de fazer para ir ao futebol universitário. Eles finalmente acabaram falando nas notas dos testes de aptidão, que eu nunca fiz.

E esse cara disse: "O meu é 710."

E meu irmão disse: "Matemática ou verbal?"

E o cara disse: "Hã?"

E todo o time caiu na gargalhada.

Eu sempre quis estar num time como esse. Eu não sei exatamente por quê, mas sempre achei que seria divertido ter "dias de glória". Depois, eu teria histórias para contar a meus filhos e colegas do golfe. Acho que podia falar com as pessoas sobre o *Punk Rocky* e ir a pé da escola para casa e coisas assim. Talvez sejam estes os meus dias de glória, e eu não percebi ainda porque eles não envolvem uma bola.

Eu costumava praticar esportes quando era pequeno, e era realmente muito bom nisso, mas o problema é que sempre me deixavam muito agressivo, e os médicos disseram à minha mãe que eu teria de parar.

Meu pai teve seus dias de glória antigamente. Eu vi fotos dele quando era jovem. Ele era um homem muito elegante. Não sei nenhuma outra forma de dizer isso. Parecia como todas as fotos antigas. Fotos antigas parecem muito austeras e novas, e as pessoas nas fotografias sempre parecem um pouco mais felizes do que você.

Minha mãe parece bonita nas fotos antigas. Ela realmente parece mais bonita do que qualquer um, exceto, talvez, a Sam. Às vezes, olho para meus pais e me pergunto o que aconteceu para que eles ficassem como são agora. E depois me pergunto o que vai acontecer com minha irmã quando o namorado dela se formar na faculdade de direito. E como será o rosto do meu irmão em uma figurinha de álbum de futebol americano, ou como ele se parecerá se nunca estiver em uma dessas figurinhas. Meu pai jogou beisebol na faculdade por dois anos, mas teve de parar quando minha mãe engravidou do meu irmão. Foi quando ele começou a trabalhar no escritório. Sinceramente não sei o que meu pai faz.

Às vezes ele conta uma história. É uma história ótima. Ele tinha de jogar no campeonato estadual de beisebol quando estava no ensino médio. Era o final do nono turno e havia um *runner* no primeiro. Houve duas bolas fora e o time do meu pai estava atrás por um *run*. Meu pai era mais novo que a maioria do time da universidade porque era só um segundanista, e acho que o time pensava que ele ia ferrar o jogo. A pressão estava toda em cima dele. Ele ficou muito nervoso. E assustado. Mas depois de alguns lançamentos ele disse que começou a se sentir "no pique".

Quando o lançador ergueu o braço e lançou a bola seguinte, ele sabia exatamente onde ela estava indo. Bateu muito mais forte que qualquer outra bola que já havia batido em toda a sua vida. E fez um *home run*, e seu time venceu o campeonato estadual. A melhor coisa dessa história é que toda vez que meu pai a conta ela nunca muda. Ele não é de exagerar.

Eu penso nessas coisas às vezes, quando estou assistindo a uma partida de futebol americano com Patrick e Sam. Olho para o campo e penso no cara que acabou de fazer um *touchdown*. Penso que são os dias de glória para o cara, e esse momento será outra história algum dia, porque todos os caras que fazem *touchdowns* e *home runs* um dia se tornam pais. E quando seus filhos virem sua foto no Livro do Ano, pensarão que seu pai era austero, elegante e parecia muito mais feliz do que eles são.

Espero poder lembrar a meus filhos que eles são tão felizes quanto eu nas fotos antigas. E espero que eles acreditem em mim.

Com amor,
Charlie

18 de novembro de 1991

Querido amigo,
Meu irmão finalmente telefonou ontem e ele não pode vir para casa no fim de semana de Ação de Graças porque

tem que ficar na escola por causa do futebol. Minha mãe ficou tão triste que me levou ao shopping para comprar roupas novas.

Eu sei que você vai pensar que o que vou escrever agora é um exagero, mas eu juro a você que não é. Do momento em que entramos no carro à hora em que voltamos para casa, minha mãe literalmente não parou de falar. Nem uma só vez. Nem mesmo quando eu estava na cabine de provas experimentando calças compridas.

Ela ficou de pé do lado de fora da cabine e falava mais alto. Toda a loja podia ouvir o que ela estava dizendo. Primeiro, era que meu pai devia ter insistido para meu irmão vir para casa mesmo que somente por uma noite. Depois, era que minha irmã tinha de começar a pensar mais no futuro dela e a fazer os exames para faculdades "seguras" no caso de as boas não darem certo. E depois ela começou a dizer que cinza era uma cor boa para mim.

Eu entendo como minha mãe pensa. Entendo mesmo.

É como quando eu era pequeno e íamos ao supermercado. Minha irmã e meu irmão brigariam por coisas que meus irmãos sempre brigavam, e eu me sentaria atrás no carrinho de compras. E minha mãe ficaria tão chateada no final das compras que dirigiria o carro mais rápido, e eu me sentiria como se estivesse num submarino.

Ontem foi mais ou menos assim, exceto que agora eu me sento na frente.

Quando vi Sam e Patrick na escola hoje, eles concordaram que minha mãe tinha excelente gosto para roupas. Eu disse isso à minha mãe quando cheguei em casa, e ela sorriu. Ela me perguntou se eu queria convidar Sam e Patrick para jantar um dia desses depois dos feriados, porque minha mãe fica muito nervosa durante as festas de fim de ano. Eu chamei Sam e Patrick e eles disseram que iriam.

E eu fiquei empolgadão!

Da última vez em que um amigo foi jantar na minha casa, foi Michael no ano passado. Comemos *tacos*. A melhor parte foi que Michael ficou para dormir aqui. Terminamos dormindo muito pouco. Ficamos o tempo todo falando de garotas, filmes e música. A parte de que eu me lembro muito bem foi a de andar pelo bairro à noite. Meus pais estavam dormindo, junto com o resto das casas. Michael olhava em todas as janelas. Estava escuro e silencioso.

– Você acha que essas pessoas são legais? – disse ele.

– Os Anderson? São. Eles são velhos – eu disse.

– E estas aqui?

– Bom, a Sra. Lambert não gosta que joguem beisebol no jardim dela.

– E estas aqui?

– A Sra. Tanner foi visitar a mãe dela por três meses. O Sr. Tanner passa os fins de semana sentado na varanda dos fundos, ouvindo as partidas de beisebol. Eu não sei realmente se eles são legais, porque eles não têm filhos.

– Ela está doente?

– Quem está doente?

– A mãe da Sra. Tanner.

– Acho que não. Minha mãe sabe, mas ela não diz nada.

Michael concordou.

– Eles estão se divorciando.

– Você acha isso?

– Acho.

Continuamos andando. Michael às vezes tinha uma forma de andar em silêncio. Acho que eu devia mencionar que minha mãe ouviu que os pais de Michael se divorciaram. Ela disse que só setenta por cento dos casais ficam juntos quando perdem um filho. Acho que ela leu isso em alguma revista.

Com amor,
Charlie

23 de novembro de 1991

Querido amigo,

Você gosta de passar as festas de fim de ano com sua família? Não quero dizer sua mãe e seu pai, mas seu tio e sua tia, e os primos? Eu, pessoalmente, gosto. E tenho vários motivos para isso.

Primeiro, tenho muito interesse e fico fascinado em ver como as pessoas se amam, mas não gostam realmente umas das outras. Segundo, as brigas são sempre as mesmas.

Elas em geral começam quando o pai da minha mãe (meu avô) termina seu terceiro drinque. É mais ou menos nessa hora que ele começa a falar pra caramba. Meu avô em geral só se queixa dos negros que estão se mudando para o antigo bairro, e então minha irmã se aborrece com ele, e depois meu avô diz a ela que ela não sabe do que está falando porque mora no bairro mais afastado. E depois ele reclama que ninguém o visita no asilo. E por fim começa a contar todos os segredos da família, como o primo fulano "emprenhou" aquela garçonete do Big Boy. Eu devia mencionar que meu avô não ouve muito bem, então ele fala todas essas coisas num tom de voz muito alto.

Minha irmã tenta brigar com ele, mas ela nunca vence. Meu avô é definitivamente mais teimoso do que ela. Minha mãe em geral ajuda a tia a preparar a comida, que vovô sempre diz que é "seca demais", mesmo que seja sopa. E a tia então chora e se tranca no banheiro.

Só tem um banheiro na casa da tia da minha mãe, e por isso é um problema quando toda a cerveja começa a afetar meus primos. Eles ficam se contorcendo, batem na porta por alguns minutos e quase convencem minha tia-avó a sair, mas então meu avô a atormenta com alguma coisa e o ciclo recomeça. Com a exceção de um feriado, quando meu avô apagou logo depois do jantar, meus primos sempre têm de ir ao banheiro nos arbustos do lado de fora. Se olhasse pela janela como eu faço, veria todos eles, e você teria a impressão de que estavam em uma das caçadas que faziam. Fiquei com muita pena das minhas primas e de minhas outras tias-avós, porque elas não têm a alternativa dos arbustos, especialmente quando está frio.

Eu devia mencionar que meu pai em geral se senta em completo silêncio e bebe. Meu pai não é de beber muito, mas, quando está com a família da minha mãe, ele fica "alto", como diz meu primo Tommy. No fundo, eu acho que meu pai preferia passar as festas de fim de ano com a família dele em Ohio. Dessa forma, ele não teria de ficar perto do meu avô. Ele não gosta muito do meu avô, mas não fala nada sobre isso. Nem na viagem para casa. Ele só não acha que aquele seja o lugar dele.

Quando a noite vai chegando ao fim, meu avô em geral está bêbado demais para fazer alguma coisa. Meu pai, meu irmão e meus primos o levam para o carro da pessoa que está com menos raiva dele. Sempre é minha tarefa abrir as portas para eles pelo caminho. Meu avô é muito gordo.

Eu me lembro do que houve uma vez, quando meu irmão levou meu avô de volta para o asilo e eu fui junto. Meu irmão sempre entendia meu avô. Raramente ficava com raiva dele, a não ser que vovô dissesse alguma coisa sobre minha mãe ou minha irmã, ou fizesse uma cena em público. Lembro que estava nevando muito e tudo estava muito silencioso. Quase pacífico. E meu avô se acalmou e começou a falar de uma coisa diferente.

Ele nos disse que, quando tinha dezesseis anos, teve de deixar a escola porque o pai dele havia morrido e alguém tinha de sustentar a família. Ele falou da época em que tinha de ir para a fábrica três vezes por dia para ver se havia algum trabalho para ele. E falou do frio que fazia. E de como ele estava faminto, porque ele queria que sua família comesse sempre antes dele. Que não entenderíamos o que ele estava dizendo porque tínhamos sorte. Depois, ele falou de suas filhas, minha mãe e tia Helen:

– Eu sei como sua mãe se sente a meu respeito. Conheço a Helen também. Houve uma vez... eu ia para a fábrica... não tinha trabalho nenhum... cheguei em casa às duas da manhã... muito chateado... sua mãe me mostrou os boletins da escola... média C+... e eram garotas inteligentes. Então, eu fui ao quarto delas e chamei as duas à razão com uns tapas... e depois disso, quando elas estavam chorando, peguei os boletins e disse: "Que isso nunca mais aconteça novamente." Ela ainda fala nisso... sua mãe... mas sabe de uma coisa?... nunca aconteceu novamente... elas foram para a faculdade... as duas. Tudo o que eu queria era mandá-las para a universidade... Sempre quis que elas estudassem... Queria que Helen compreendesse isso. Acho que sua mãe entendeu... no fundo... ela é uma boa mulher... vocês devem ter orgulho dela.

Quando contei isso à minha mãe, ela pareceu ficar muito triste, porque ele nunca disse essas coisas a ela. Nunca. Nem mesmo quando ele a acompanhou na igreja em seu casamento.

Mas aquele Dia de Ação de Graças foi diferente. Foi o jogo de futebol do meu irmão; trouxemos uma fita de videocassete dele para meus parentes verem. Toda a família ficou reunida em torno da TV, até minhas tias-avós, que nunca assistiam ao futebol. Eu nunca vou me esquecer da expressão no rosto delas quando meu irmão entrou em campo. Foi uma mistura de todas as coisas. Meu primo trabalha em um posto de gasolina. E meu outro primo parou de trabalhar por dois anos desde que machucou a mão. E o outro primo estava tentando voltar à faculdade há uns sete anos. E meu pai disse uma vez que eles tinham muita inveja do meu irmão, porque ele teve uma oportunidade na vida e estava tirando proveito dela.

Mas, naquele momento, quando meu irmão entrou em campo, tudo aquilo passou e todos ficaram orgulhosos. A certa altura, meu irmão fez uma grande jogada no terceiro tempo e todos gritaram, apesar de alguns de nós já termos visto o jogo antes. Olhei para o meu pai e ele estava sorrindo. Olhei para minha mãe e ela estava sorrindo, apesar de estar preocupada com que meu irmão não se machucasse, o que era estranho, porque era um vídeo de um jogo antigo, e ela sabia que ele não tinha se machucado. Minhas tias-avós e meus primos e seus filhos e todos estavam sorrindo também. Até a minha irmã. Só duas pessoas não sorriam ali. Eu e meu avô.

Meu avô estava chorando.

O tipo de choro que é silencioso e secreto. O tipo de choro que só eu percebi. Pensei nele indo ao quarto da minha mãe quando ela era pequena e batendo nela, e erguendo o boletim e dizendo que as notas ruins nunca acontecessem novamente. E eu acho agora que talvez ele se referia a meu irmão mais velho. Ou minha irmã. Ou eu. Que ele tinha certeza de que foi o último a trabalhar numa fábrica.

Não sei se isso é bom ou ruim. Não sei se é melhor ter seus filhos felizes e não irem para a faculdade. Não sei se é melhor estar perto de sua filha ou ter certeza de que ela tenha uma vida melhor do que a sua. Simplesmente não sei. Eu fiquei em silêncio e o observei.

Quando o jogo acabou e o jantar terminou, todos deram graças a Deus. Grande parte teve a ver com meu irmão ou a família, ou filhos, ou Deus. E todos foram sinceros quando disseram isso, apesar do que possa vir a acontecer amanhã. Quando chegou a minha vez, pensei muito, porque era a primeira vez em que eu sentava à mesa grande com os mais velhos, uma vez que meu irmão não estava aqui para ocupar este lugar.

"Sou grato por meu irmão ter jogado futebol na televisão, porque assim ninguém brigou."

A maioria das pessoas em torno da mesa ficou sem graça. Algumas pareciam com raiva. Meu pai parecia que sabia que eu estava certo, mas não quis dizer nada porque não era da família. Minha mãe ficou nervosa com o que o pai dela faria. Só uma pessoa na mesa disse alguma coisa. Foi minha tia-avó, aquela que em geral se tranca no banheiro:

"Amém."

E de certa forma eu vi que estava tudo bem.

Quando estávamos prontos para ir embora, fui até meu avô e lhe dei um abraço e um beijo na testa. Ele limpou a testa com a palma da mão e olhou para mim. Ele não gostava que os rapazes da família tocassem nele. Mas eu estava muito contente de ter feito isso, para o caso de ele morrer. Nunca fiz o mesmo com minha tia Helen.

Com amor,
Charlie

7 de dezembro de 1991

Querido amigo,

Você já ouviu falar de uma coisa chamada "Papai Noel Secreto"? É parecido com o amigo-oculto. É uma brincadeira em que um grupo de amigos tira de um chapéu papeizinhos com os nomes e você tem de comprar um monte de presentes de Natal para a pessoa que você tirou. Os presentes são colocados "secretamente" nos armários das pessoas na escola quando elas não estão lá. Depois, no fim, a gente tem uma festa, e todas as pessoas revelam quem elas realmente são e a quem deram os presentes.

Sam começou a fazer isso com seu grupo de amigos três anos atrás. Agora é uma espécie de tradição. E a festa no final é sempre a melhor do ano. Acontece à noite, depois de nosso último dia de aula e antes das férias.

Não sei quem me tirou. Eu tirei o Patrick.

Fiquei muito contente de ter tirado o Patrick, embora eu quisesse ter tirado a Sam. Não tenho visto o Patrick há algumas semanas, exceto na aula de trabalhos manuais, porque ele tem passado muito tempo com Brad; então, pensar nos presentes é uma boa forma de pensar nele.

O primeiro presente será uma fita gravada. Já sei o que vou fazer. Já escolhi as músicas e um tema. Vai se chamar "Aquele Inverno". Mas decidi não fazer uma capa colorida. O lado A tem um monte de canções do Village People e Blondie, porque o Patrick gosta muito desse tipo de música. Tem também "Smells Like Teen Spirit", do Nirvana, que a Sam e o Patrick adoram. Mas o lado B é o que eu mais gosto. Tem o tipo de música de inverno.

São estas aqui:

"Asleep", dos Smiths
"Vapour Trail", de Ride
"Scarborough Fair", de Simon & Garfunkel
"A Whiter Shade of Pale", do Procol Harum
"Time of No Reply", do Nick Drake
"Dear Prudence", dos Beatles
"Gypsy", da Suzanne Vega
"Nights in White Satin", dos Moody Blues
"Daydream", dos Smashing Pumpkins
"Dusk", do Gênesis (antes do Phil Collins!)
"MLK", do U2
"Blackbird", dos Beatles
"Landslide", do Fleetwood Mac

E finalmente...

"Asleep", dos Smiths (de novo!)

Passei a noite toda trabalhando nela e espero que Patrick goste tanto quanto eu. Especialmente do lado B. Espero que ele possa ouvir o lado B sempre que estiver dirigindo sozinho e sentir que pertence a alguma coisa, mesmo que esteja triste. Espero que seja assim para ele.

Tive uma sensação maravilhosa quando finalmente segurei a fita. Achei que tinha a mim mesmo na palma da mão, era uma fita que continha todas aquelas lembranças e sentimentos e grandes alegrias e tristezas. Bem na palma da minha mão. E penso em como muitas pessoas têm adorado essas canções. E como muitas pessoas passaram por maus bocados por causa dessas canções. E como muitas pessoas tiveram bons momentos com essas canções. E o quanto essas canções realmente significam. Acho que seria ótimo ter escrito uma delas. Aposto que, se eu tivesse escrito uma dessas músicas, ficaria muito orgulhoso. Espero que as pessoas que escreveram essas canções sejam felizes. Tomara que elas se sintam realizadas. Tomara mesmo, porque elas me fazem feliz. E eu não sou o único.

Mal posso esperar para tirar minha carteira de motorista. Está chegando a hora!

Aliás, eu ainda não lhe falei do Bill. Mas acho que não há muito a dizer, porque ele continua me dando livros que não dá aos alunos dele, e eu continuo lendo os livros, e ele continua me pedindo para escrever trabalhos, e eu faço. No mês passado, por aí, li *O grande Gatsby* e *A Separate Peace*. Estou começando a ver uma tendência no tipo de livro que o Bill me dá para ler. E, como as fitas de músicas, é maravilhoso colocar cada um deles na palma da minha mão. Todos são meus preferidos. Todos.

Com amor,
Charlie

As vantagens de ser invisível

11 de dezembro de 1991

Querido amigo,

Patrick adorou a fita! Acho que ele sabe que eu sou o amigo oculto dele, porque acho que ele sabe que só eu teria gravado uma fita como aquela. Ele também conhece minha letra. Não sei por que só me lembro dessas coisas quando já é tarde demais. Eu devia ter deixado a fita para ser meu último presente.

Aliás, eu tenho pensado no meu segundo presente para o Patrick. É poesia magnética. Já ouviu falar disso? Caso você não conheça, eu vou explicar. Um cara ou uma garota coloca um punhado de palavras em uma folha de magneto e depois corta as palavras em peças separadas. Você as coloca na geladeira e depois escreve poemas enquanto faz um sanduíche. É muito divertido.

O presente de meu Papai Noel Secreto não foi nada de especial. O que me deixou triste. Aposto quanto você quiser que Mary Elizabeth é minha amiga oculta, porque só ela me daria meias.

Com amor,
Charlie

19 de dezembro de 1991

Querido amigo,

Depois eu ganhei calças de um bazar de caridade. Também ganhei uma gravata, uma camisa branca, sapatos e um cinto velho. Estou achando que meu último presente na festa será o paletó de um terno, porque é a única coisa que está faltando. Soube por um bilhete datilografado que tenho de vestir o que quer que tenha ganhado para a festa. Acho que tem alguma coisa por trás disso.

A boa notícia é que Patrick gostou muito dos meus presentes. O presente número três foi um jogo de tinta para aquarela e papéis. Achei que ele ia gostar, apesar de ele nunca os usar. O presente número quatro foi uma gaita e um livro que ensina a tocar. Provavelmente vai acontecer o mesmo que com a aquarela, mas acredito que todo mundo deve ter aquarela, poesia magnética e uma gaita.

Meu último presente antes da festa é um livro chamado *The Mayor of Castro Street*. É sobre um homem chamado Harvey Milk, que foi um líder gay em San Francisco. Fui à biblioteca quando o Patrick me disse que era gay e fiz alguma pesquisa, porque sinceramente eu não sabia muita coisa a esse respeito. Encontrei um artigo sobre um documentário de cinema sobre Harvey Milk. E como não consegui encontrar o filme, procurei por seu nome e achei o livro.

Eu mesmo não li, mas, pela descrição, o livro parecia muito bom. Espero que signifique alguma coisa para o Patrick. Mal posso esperar pela festa, e assim poderei dar a ele meu presente. Aliás, tenho de fazer as provas finais do semestre e estou muito ocupado, e eu poderia falar com você sobre tudo isso, mas não parece tão interessante como as outras coisas que vou fazer nos feriados.

Com amor,
Charlie

21 de dezembro de 1991

Querido amigo,
    Uau. Uau. Posso descrever o quadro para você, se você quiser. Estávamos todos sentados na casa de Sam e Patrick, onde eu nunca tinha ido antes. Muito despojada. E estávamos todos trocando nossos presentes finais. As luzes do lado de fora estavam acesas, estava nevando e o momento parecia mágico. Como se estivéssemos em outro lugar. Como se estivéssemos em um lugar melhor.
    Foi a primeira vez que vi os pais de Sam e Patrick. Eles foram muito legais. A mãe de Sam é muito bonita e conta ótimas piadas. Sam disse que ela era atriz quando jovem. O pai de Patrick é muito alto e tem um forte aperto de mão. Ele também cozinha muito bem. Muitos pais fazem com que a gente se sinta constrangido quando os conhece. Mas não os pais de Sam e Patrick. Eles foram

simpáticos durante todo o jantar e, quando o jantar terminou, saíram para que nós pudéssemos ter a nossa festa. Não ficaram em cima da gente nem um minuto. Só deixaram a gente fingir que a casa era nossa. Então, decidimos fazer a festa na sala de "jogos", que não tem jogos, mas tem um tapete grande.

Quando eu revelei que o Patrick era meu amigo oculto, todo mundo riu, porque todo mundo sabia, e Patrick fez sua melhor imitação de surpresa, o que foi legal da parte dele. Depois, todos perguntaram qual era meu último presente, e eu disse a eles que era um poema que eu li há muito tempo. Era um poema do qual Michael havia feito uma cópia para mim. E eu o li milhares de vezes, porque não sei quem escreveu. Não sei se foi em um livro ou numa aula. E não sei a idade do autor também. Mas sei que queria conhecê-lo. Eu queria que esta pessoa estivesse bem.

Então, todos pediram para eu me levantar e ler o poema. E eu não fiquei envergonhado, porque estávamos tentando agir como os mais velhos e bebíamos uísque. E eu estava meio alto. Ainda estou um pouco alto, mas tenho de contar isso a você. Então, eu me levantei e, antes de ler o poema, pedi a todos que contassem quem era o autor, se soubessem.

Quando terminei de ler o poema, todos estavam em silêncio. Um silêncio muito triste. Mas a coisa maravilhosa foi que não era uma tristeza ruim. Era só alguma coisa que fazia com que todos olhassem para os outros e soubessem quem eles eram. Sam e Patrick olharam para mim. E eu olhei para eles. E acho que eles sabiam. Não alguma coisa específica. Apenas sabiam. E eu acho que é tudo o que você pode pedir de um amigo.

Foi aí que Patrick colocou o lado B da fita que eu fiz para ele e encheu o copo de todos com uísque. Acho que todos parecíamos meio bêbados, mas não nos sentíamos idiotas. Posso afirmar isso a você.

À medida que as canções continuavam tocando, Mary Elizabeth se levantou. Mas ela não estava segurando um paletó de terno. Na verdade, ela não era minha amiga oculta. Ela era amiga oculta de outra garota com tatuagem e piercing no umbigo, cujo nome era Alice. Deu a ela um esmalte de unhas preto em que Alice estava de olho. E Alice ficou muito grata. Eu estava sentado aqui, olhando em torno da sala. Procurando o paletó. Sem saber quem o estaria segurando.

Sam se levantou então e deu a Bob um cachimbo de maconha feito pelos índios americanos, o que parecia apropriado.

Mais pessoas deram mais presentes. E mais abraços foram trocados. E por fim chegou ao final. Ninguém saiu, exceto Patrick. Ele se levantou e caminhou para a cozinha.

"Alguém quer batatas fritas?"

Todos disseram que sim. E ele voltou com três tubos de Pringles e um paletó de terno. E caminhou na minha direção. E disse que todos os grandes escritores usavam terno o tempo todo.

Então eu vesti o paletó, embora não achasse que realmente merecia isso só porque escrevia os trabalhos para

Bill, mas foi um presente muito legal, e todos bateram palmas para ele. Sam e Patrick concordaram que eu estava elegante. Mary Elizabeth sorriu. Acho que foi a primeira vez na minha vida em que senti que parecia "perfeito". Sabe o que eu quero dizer? É aquela sensação legal, quando você se olha no espelho e seu cabelo está ótimo pela primeira vez na sua vida? Não acho que deva me basear tanto em peso, músculos e um bom cabelo, mas quando acontece é legal. É legal mesmo.

O resto da noite foi muito especial. Como muitas pessoas estavam indo com suas famílias para lugares como a Flórida e Indiana, trocamos presentes com quem não havia participado do amigo-oculto.

Bob deu a Patrick uma trouxinha de maconha com um cartão de Natal. Ele nem o envelopou. Mary Elizabeth deu brincos a Sam. E Alice também. E Sam deu brincos a elas também. Acho que era alguma coisa particular das garotas. Tenho de admitir que eu fiquei um pouco triste porque, tirando Sam e Patrick, ninguém me deu presentes. Acho que não sou muito íntimo deles, então isso faz sentido. Mas ainda assim fiquei meio triste.

E então chegou a minha vez. Dei a Bob um tubinho de plástico de bolhas de sabão porque parecia combinar com a personalidade dele. Acho que eu estava certo.

"Demais!", foi o que ele disse.

Ele passou o resto da noite soprando bolhas de sabão no teto.

A próxima foi Alice. Dei a ela um livro de Anne Rice, porque ela está sempre falando dela. E ela olhou para mim como se não acreditasse que eu sabia que ela gostava de Anne Rice. Acho que ela não sabe o quanto fala ou o quanto eu ouço. Mas ela me agradeceu da mesma forma. A seguinte foi Mary Elizabeth. Dei a ela quarenta dólares dentro de um cartão. O cartão dizia uma coisa muito simples: "Para serem gastos na impressão em cores do *Punk Rocky* na próxima edição."

E ela olhou para mim de uma forma estranha. Depois, todos começaram a olhar para mim desse jeito, exceto Sam e Patrick. Acho que eles começaram a se sentir mal porque não tinham me dado nada. Mas eu não acho que devessem dar, porque não acho que isso tenha importância. Mary Elizabeth apenas sorriu, agradeceu e depois parou de olhar nos meus olhos.

Depois foi a Sam. Fiquei pensando em seu presente por um longo tempo. Acho que pensei em seu presente pela primeira vez em que a vi. Não quando a conheci, ou quando a encontrei, mas quando a vi, se entende o que quero dizer. Havia um cartão.

Dentro do cartão, eu dizia à Sam que o presente que eu estava dando tinha sido dado a mim por minha tia Helen. Era uma velha gravação em 45 rpm com "Something", dos Beatles. Eu costumava ouvir todo o tempo quando era pequeno e pensava em coisas de gente grande. Eu ia para a janela do meu quarto e olhava meu reflexo no vidro, e as árvores por trás, e ouvia a música por horas. Decidi na época que, quando conhecesse alguém que eu achasse tão bonita quanto a canção, eu daria o disco de presente a essa pessoa. E não quis dizer bonita por fora. Eu quis dizer bonita de todas as formas. E assim, eu estava dando para Sam.

Sam me olhou com doçura. E me abraçou. E eu fechei os olhos, porque só queria sentir os seus braços. E ela me deu um beijo na testa e sussurrou para que ninguém mais ouvisse:

"Eu te amo."

Eu sabia que ela queria dizer no sentido de amizade, mas não me preocupei, porque tinha sido a terceira vez desde que tia Helen morreu que eu ouvia isso de alguém. As outras duas vezes foram da minha mãe.

Eu mal conseguia acreditar que a Sam realmente tinha me dado um presente, porque eu honestamente pensava que o "eu te amo" era isso. Mas ela me deu um presente. E, pela primeira vez, uma coisa legal como essa me fez sorrir em vez de chorar. Acho que Sam e Patrick foram ao mesmo brechó, porque seus presentes vieram juntos. Ela me levou para o quarto dela e me colocou de pé diante da cômoda, que estava coberta por uma toalha com cores vivas. Ela ergueu a toalha, e lá estava eu, de pé em meu velho terno, olhando para uma máquina de escrever com uma fita nova. Na máquina havia uma folha de papel.

Naquela folha de papel Sam escreveu: "Escreva sobre mim de vez em quando." E eu datilografei só isso para ela, de pé, ali no seu quarto:

"Vou escrever."

E me senti bem em saber que aquelas foram as duas primeiras palavras que eu escreveria na nova máquina de escrever antiga que a Sam me deu. Nós nos sentamos em silêncio por um momento, e ela sorriu. Eu voltei à máquina de escrever e datilografei uma coisa:

"Eu também te amo."

E Sam olhou o papel, e olhou para mim.

– Charlie... você já beijou uma garota?

Sacudi minha cabeça em negativa. Tudo estava muito silencioso.

– Nem mesmo quando você era menor?

Sacudi a cabeça novamente. E ela pareceu muito triste.

Ela me falou da primeira vez em que beijou. Me contou que foi com um dos amigos do pai dela. Sam tinha sete anos. E ela não contou a ninguém, exceto a Mary Elizabeth e depois Patrick, há um ano. E ela começou a chorar. E disse uma coisa que nunca vou esquecer:

– Eu sei que você sabe que eu gosto do Craig. E sei que te disse para não pensar em mim daquele jeito. E sei que podemos ficar juntos assim. Mas quero que você esqueça todas essas coisas por um minuto, tá bom?

– Tá.

– Quero ser a primeira pessoa a beijar você. Tudo bem?

– Tudo.

E ela me beijou. Foi um tipo de beijo que eu nunca poderia contar a meus amigos como foi veemente. Foi o tipo de beijo que me fez saber que eu nunca seria tão feliz em toda a minha vida.

Em uma folha de papel amarelo com linhas verdes
    ele escreveu um poema
E o intitulou "Chops"
    porque era o nome de seu cão

E era o que estava em toda parte
E seu professor lhe deu um A
   e uma estrela dourada
E sua mãe o abraçou à porta da cozinha
   e leu o poema para as tias
Era o ano em que o padre Tracy
     levava todas as crianças ao zoológico
E ele deixou que cantassem no ônibus
E sua irmãzinha tinha nascido
   com unhas minúsculas e nenhum cabelo
E sua mãe e seu pai se beijaram tanto
E a garota da esquina mandou para ele
   um cartão de Dias dos Namorados assinado com vários X
   e ele teve de perguntar ao pai o que significava X
E seu pai deixou que ele dormisse na sua cama à noite
E era sempre lá que ele dormia

Em uma folha de papel com linhas azuis
   ele escreveu um poema
E o intitulou "Outono"
   porque era o nome da estação
E era o que estava em toda parte
E seu professor lhe deu um A
   e o pediu para escrever com mais clareza
E sua mãe não o abraçou à porta da cozinha
   por causa da pintura nova
E as crianças disseram a ele
   que o padre Tracy fumava cigarros
E largava as guimbas no banco da igreja

As vantagens de ser invisível

E às vezes elas faziam buracos
Que era o ano de sua irmã usar óculos
    com lentes grossas e armação preta
E a garota da esquina riu
    quando ele pediu para ver Papai Noel
E os garotos perguntaram por que
    a mãe e o pai se beijavam tanto
E seu pai não o cobria mais na cama à noite
E seu pai ficou furioso
    quando ele chorou por isso

Em um pedaço de papel de seu caderno
    ele escreveu um poema
E o intitulou "Inocência: Uma Questão"
    porque a questão era sobre uma garota
E isso estava em toda parte
E seu professor lhe deu um A
    e um olhar muito estranho
E sua mãe não o abraçou à porta da cozinha
    porque ele nunca o mostrou a ela
Foi o primeiro ano depois da morte do padre Tracy
E ele esqueceu como terminava
    o Creio em Deus Pai
E ele pegou a irmã
    se agarrando na varanda dos fundos
E sua mãe e seu pai nunca se beijavam
    nem mesmo conversavam
E a garota da esquina
    usava maquiagem demais

O que fez ele tossir quando a beijou
    mas ele a beijou mesmo assim
    porque era a coisa certa a fazer
E às três da manhã ele se aninhou na cama
    seu pai roncava alto

É por isso que no verso de uma folha de papel pardo
    ele tentou outro poema
E o intitulou de "Absolutamente Nada"
Porque era o que estava em toda parte
E ele se deu um A
    e um corte em cada maldito pulso
E se encostou na porta do banheiro
    porque nessa hora ele não pensou
    que poderia alcançar a cozinha

Este foi o poema que eu li para o Patrick. Ninguém sabia quem era o autor, mas Bob disse que já o ouvira antes, e ele soube que era um bilhete suicida de um garoto. Eu espero que não seja, porque não sei se gostei do final.

Com amor,
Charlie

As vantagens de ser invisível

23 de dezembro de 1991

Querido amigo,

    Sam e Patrick viajaram com a família para o Grand Canyon ontem. Não estou me sentindo muito mal, porque ainda posso me lembrar do beijo da Sam. Agora me sinto em paz e em ordem. Cheguei a pensar em não lavar meus lábios, como fazem na tevê, mas depois achei que isso seria nojento demais. Então, em vez disso, passei o dia andando pelo bairro. Cheguei a pegar meu velho trenó e meu velho cachecol. Há algo de confortável nisso para mim.

    Subi a colina onde costumava usar o trenó. Havia muitas crianças ali. Eu fiquei vendo elas voarem. Darem saltos e apostarem corridas. E pensei que todas aquelas crianças um dia iam crescer. E todas aquelas crianças iam fazer as coisas que nós fazemos. E todos eles beijarão alguém um dia. Mas agora andar de trenó era o bastante. Acho que seria ótimo se bastasse um trenó, mas não é assim.

    Estou muito contente que o Natal e meu aniversário estejam perto, porque isso significa que terminarão logo, porque já posso me imaginar indo para um lugar ruim aonde eu costumava ir. Depois que tia Helen se foi, eu fui para esse lugar. Foi tão ruim que minha mãe tenha me levado a um médico e eu tenha perdido um ano na escola. Mas agora estou tentando não pensar demais nisso, porque faz com que eu me sinta pior.

É como quando você se olha no espelho e diz seu nome. E chega a um ponto em que nada parece real. Bom, às vezes, eu posso fazer isso. Mas não preciso de uma hora diante do espelho. Acontece muito rápido e as coisas começam a escapulir. E eu abro meus olhos e não vejo nada. E depois começo a respirar com dificuldade, tentando ver alguma coisa, mas não consigo. Não acontece o tempo todo, mas quando ocorre fico assustado.

Quase aconteceu esta amanhã, mas eu lembrei do beijo da Sam e passou.

Provavelmente eu não devia estar escrevendo demais sobre isso porque traz tudo aquilo à tona. Faz eu pensar demais. E estou tentando participar. Só que é difícil, porque a Sam e o Patrick estão no Grand Canyon.

Amanhã, vou com minha mãe comprar presentes para todo mundo. E depois vamos comemorar meu aniversário. Eu nasci em 24 de dezembro. Não sei se já lhe disse isso antes. É um aniversário estranho, porque está perto demais do Natal. Depois nós comemoramos o Natal com a família do meu pai, e meu irmão virá para casa por algum tempo. Depois vou fazer meu exame de motorista, então estarei muito ocupado enquanto Sam e Patrick estiverem fora.

Hoje à noite assisti a um pouco de televisão com minha irmã, mas ela não quis ver os especiais de Natal que estavam passando, então decidi subir as escadas e ler.

Bill me deu um livro para ler durante as férias. *O apanhador no campo de centeio*. Era o livro favorito de Bill quando ele tinha a minha idade. Ele disse que era o tipo de livro feito para nós.

Li as primeiras vinte páginas. Não sei como me senti em relação a ele, mas parecia apropriado naquele momento. Espero que Sam e Patrick telefonem no meu aniversário. Eu me sentiria muito melhor.

Com amor,
Charlie

25 de dezembro de 1991

Querido amigo,

Estou sentado na velha cama do meu pai em Ohio. A família ainda está no primeiro andar da casa. Não estou me sentindo muito bem. Não sei o que há de errado comigo, mas estou começando a ficar assustado. Queria voltar para casa hoje à noite, mas nós sempre passamos a noite aqui. Não quero contar à minha mãe sobre isso porque ela ficaria preocupada. Eu contaria a Sam e Patrick, mas eles não telefonaram ontem. E nós saímos esta manhã depois de abrirmos os presentes. Talvez eles tenham ligado à tarde. Espero que não tenham ligado à tarde, porque eu não estava aqui. Espero que você não se importe de eu estar contando isso. Não sei o que fazer. Eu sempre fico triste quando isso acontece e queria que Michael estivesse aqui. E queria que tia Helen estivesse aqui. Sinto falta da tia Helen. Ler o livro também não está me ajudando. Não sei. Só estou pensando muito rápido. Rápido demais. Como hoje à noite.

 A família assistia ao filme *A felicidade não se compra*, que é muito bonito. E tudo em que eu pensava era por que eles não fizeram um filme sobre o tio Billy. George Bailey era um homem importante na cidade. Por causa dele, um monte de gente saiu da miséria. Ele salvou uma cidade e, quando seu pai morreu, era o único cara que podia fazer isso. Ele queria viver uma aventura, mas ficou ali e sacrificou seus sonhos pelo bem da comunidade. E quando isso o deixou arrasado, ele pensou em se matar. Ele ia morrer porque o dinheiro do seguro de vida seria suficiente para cuidar de sua família. E então um anjo desce e mostra-lhe como a vida seria se ele não tivesse nascido. Como toda a cidade teria sofrido. E como sua esposa teria sido uma "velha solteirona". E este ano minha irmã nem sequer disse alguma coisa sobre como aquilo era ultrapassado. Todo ano ela diz alguma coisa do tipo "Mary estava trabalhando para viver", e só porque não era casada isso não significava que ela era inútil. Mas este ano ela não disse isso. Não sei por quê. Achei que podia ser o namorado secreto dela. Ou talvez o que aconteceu no carro no caminho para a casa da minha avó. Eu queria que o filme fosse sobre o tio Billy porque ele bebe muito, é gordo e sempre perde dinheiro. Queria que o anjo descesse e mostrasse a nós como a vida do tio Billy tinha significado. E assim eu me sentiria melhor.

 Isso começou em casa ontem. Eu não gosto de meu aniversário. Não gosto de jeito nenhum. Fui ao shopping com minha mãe e minha irmã, e mamãe estava de mau humor porque não tinha vaga no estacionamento. E minha irmã estava de mau humor porque não podia comprar nada para o namorado secreto e esconder isso de mamãe. Ela teria de voltar sozinha mais tarde. E eu me sentia estranho. Muito estranho, porque eu andava por todas as lojas sem saber que presente meu pai gostaria de ganhar de mim. Eu sabia o que comprar para Sam e Patrick, mas não sabia o que compraria ou daria ou faria para meu próprio pai. Meu irmão gosta de pôsteres de garotas e latas de cerveja. Minha irmã gosta de um bônus do cabeleireiro. Minha mãe gosta de filmes antigos e plantas. Meu pai só gosta de golfe, e esse não é um esporte de inverno, a não ser na Flórida, e nós não moramos lá. E ele não joga mais beisebol. Ele não gosta nem mesmo de se lembrar disso, a não ser que conte as histórias. Eu só queria saber o que comprar para meu pai porque eu o amo. E eu não o conheço. E ele não gosta de falar de coisas como essas.

– Bom, por que você não se junta à sua irmã e compra aquele suéter para ele?

– Não quero. Quero comprar alguma coisa para ele. Que tipo de música ele gosta?

Meu pai não ouve muita música e as coisas que gosta, ele já tem.

– Que tipo de livro ele gosta de ler?

Meu pai não lê mais muitos livros, porque ele ouve os livros em fitas cassete no caminho para o trabalho e pega de graça na biblioteca.

Que tipo de filmes? Que tipo de qualquer coisa?

Minha irmã decidiu comprar o suéter sozinha. E ela começou a ficar aborrecida comigo porque precisava de tempo para voltar à loja para comprar o presente para o namorado secreto.

– Compre umas bolas de golfe para ele, pelo amor de Deus, Charlie.

– Mas esse é um esporte de verão.

– Mãe! Quer fazer ele comprar alguma coisa?

– Charlie, calma. Está tudo bem.

Eu me senti tão triste. Não sei o que aconteceu. Minha mãe estava tentando ser legal comigo, porque, quando eu tenho essas coisas, é ela que tenta manter as coisas sob controle.

– Desculpe, mamãe.

– Não, não peça desculpas. Você quer dar um bom presente para seu pai. É uma boa coisa.

– Mãe! – Minha irmã estava ficando muito aborrecida.

– Charlie, você pode comprar para seu pai o que quiser. Eu sei que ele vai adorar. Agora, calma. Está tudo bem.

Minha mãe me levou a quatro lojas diferentes. Em cada uma delas minha irmã se sentou na cadeira mais próxima e resmungou. Finalmente eu encontrei a loja perfeita. Era de cinema. E descobri um vídeo do último episódio de $M*A*S*H$, sem os comerciais. E me senti muito melhor. Depois comecei a falar com minha mãe sobre quando assistimos ao filme juntos.

– Ela sabe, Charlie. Ela estava lá. Vamos logo. Que saco.

Minha mãe disse à minha irmã para cuidar da própria vida, e ela me ouviu contar a história que já conhecia, deixando de fora a parte em que meu pai chorou porque era nosso segredinho. Minha mãe sempre me dizia que eu conto histórias muito bem. Eu amo minha mãe. E, desta vez, eu disse isso a ela. E ela me disse que me amava também. E as coisas ficaram bem por algum tempo.

Estávamos sentados à mesa do jantar, esperando meu pai vir para casa com meu irmão do aeroporto. Ele estava muito atrasado e minha mãe começou a se preocupar, porque estava nevando muito lá fora. E ela manteve minha irmã em casa porque precisava de ajuda com o jantar. Ela queria que fosse especial para meu irmão e para mim, porque ele estava voltando para casa e era meu aniversário. Mas minha irmã queria comprar um presente para o namorado. E estava num mau humor terrível. Parecia uma daquelas pirralhas dos filmes da década de 1980 e minha mãe dizia "jovenzinha" a toda hora no fim de cada frase.

Meu pai finalmente telefonou e disse que, por causa da neve, o avião do meu irmão ia se atrasar muito. Eu só ouvi o lado da minha mãe na discussão:

– Mas é o jantar de aniversário do Charlie... Eu não espero que você tome alguma providência... Ele perdeu o voo? Só estou perguntando... Não fique achando que a culpa é sua... Não... Não posso manter a comida aquecida... Vai ressecar... O que... Mas é o favorito dele... Bem, acho que vou ter de servir o jantar... É claro que eles estão com fome... Vocês já estão atrasados uma hora... Bom, você podia ter ligado...

Não sei quanto tempo minha mãe ficou ao telefone, porque não fiquei na mesa para ouvir. Fui ao meu quarto para ler. Eu não estava mais com fome. Só queria ficar em um lugar tranquilo. Depois de algum tempo, minha mãe veio ao meu quarto. Ela disse que papai tinha ligado novamente e que eles deviam estar chegando em casa em trinta minutos. Ela me perguntou se havia alguma coisa errada e eu sabia que ela não se referia à minha irmã, e eu sabia que ela não se referia à briga que teve com papai ao telefone porque às vezes essas coisas acontecem. Ela só percebeu que eu parecia muito triste hoje, e não achava que era porque meus amigos tinham viajado, porque eu estava bem ontem, quando voltei com o trenó.

– É sua tia Helen?

Foi o modo como mamãe disse isso que me fez sentir.

– Por favor, Charlie, não faça isso com você mesmo.

Mas eu fazia. Como faço todo ano, no dia do meu aniversário.

– Desculpe.

Minha mãe não me deixava falar no assunto. Ela sabe que eu paro de ouvir e começo a respirar rápido. Ela cobriu minha boca e limpou meus olhos. Eu me acalmei o suficiente para descer as escadas. E me acalmei o suficiente para ficar contente quando meu irmão chegou. E quando jantei, a comida não estava ressecada. Depois fomos para fora fazer uma trilha de luz, que é uma brincadeira em que todos os nossos vizinhos enchem sacos de papel com areia e os alinham na rua. Depois, enfiamos uma vela na areia de cada saco e, quando acendemos as velas, a rua

As vantagens de ser invisível

se transforma em uma "pista de aterrissagem" para Papai Noel. Adoro fazer trilha de luz todo ano, porque fica muito bonito, é uma tradição e uma boa distração do meu aniversário.

Minha família me deu alguns presentes muito legais. Minha irmã ainda estava chateada comigo, mas mesmo assim me deu um disco dos Smiths. E meu irmão me deu um pôster assinado por todo o time de futebol. Meu pai me deu alguns discos que minha irmã disse a ele para comprar. E minha mãe me deu alguns livros que ela adorou quando era garota. Um deles era *O apanhador no campo de centeio*.

Comecei a ler o exemplar de minha mãe do ponto onde havia parado no exemplar do Bill. E isso fez com que eu não pensasse no meu aniversário. Tudo em que eu pensava era que ia fazer meu exame de motorista muito em breve. E essa era uma coisa legal para se pensar. E depois eu pensei no meu instrutor de direção do semestre passado.

O Sr. Smith, que é meio mal-humorado e tem um cheiro engraçado, não deixava nenhum de nós ligar o rádio quando estávamos dirigindo. Havia também dois segundanistas, um cara e uma garota. Eles costumavam se tocar em segredo nas pernas no assento de trás quando era minha vez. E havia eu. Queria ter um monte de histórias sobre aula de direção. Certamente, havia aqueles filmes sobre mortes nas estradas. E claro que havia policiais vindo falar conosco. E claro que era divertido ter minha licença provisória, mas mamãe e papai disseram que não queriam que eu dirigisse até que tivesse a carteira, porque o seguro era muito caro. E eu nunca consegui pedir a Sam para dirigir a picape dela. Não podia.

Esse tipo de coisa me manteve calmo na noite do meu aniversário.

A manhã seguinte ao Natal começou bem. Papai gostou muito da cópia do *M*A*S*H*, o que me deixou muito feliz, especialmente quando ele contou a história dele sobre ao que assistimos naquela noite. Ele deixou de fora a parte sobre ele chorando, mas piscou para mim, então eu sabia que ele se lembrava. As duas horas de carro até Ohio foram legais na primeira meia hora, embora eu tivesse sentado no calombo do banco traseiro porque meu pai continuava fazendo perguntas sobre a faculdade, e meu irmão não parava de falar. Ele está namorando uma daquelas líderes de torcida que dão saltos-mortais durante os jogos de futebol americano da faculdade. O nome dela é Kelly. Meu pai ficou muito interessado nisso. Minha irmã lembrou como as líderes de torcida eram idiotas e sexistas, e meu irmão disse a ela para calar a boca. Kelly estava se especializando em filosofia. Perguntei a meu irmão se a Kelly era do tipo de beleza não convencional.

"Não, ela é do tipo gostosona."

E minha irmã começou a falar que a aparência de uma mulher não é a coisa mais importante. Eu concordei, mas depois meu irmão começou a dizer que minha irmã não passava de uma "sapatão chata". Depois minha mãe disse a meu irmão para não usar aquela linguagem na minha frente, o que era estranho, considerando que eu provavelmente era o único na família que tinha um amigo gay. Talvez não fosse o único, mas era o único que falava nesse assunto. Não tenho certeza. Apesar disso, meu pai perguntou como foi que meu irmão e Kelly se conheceram.

Meu irmão e Kelly se conheceram em um restaurante chamado Ye Olde College Inn, ou coisa parecida, na Penn State. Parece que eles tinham uma sobremesa famosa, chamada "grude grelhado". Sei lá. Kelly estava com uma de suas colegas de irmandade e elas iam saindo, mas ela deixou cair o livro bem em frente ao meu irmão e continuou andando. Meu irmão disse que, embora Kelly negue isso, tem certeza de que ela deixou cair o livro de propósito. As árvores estavam em plena floração quando ele topou com ela em frente ao fliperama. Foi assim que ele descreveu. Eles passaram o resto da tarde jogando velhos videogames, como *Donkey Kong*, e se sentindo nostálgicos, o que é uma declaração genérica, e eu achei triste e doce. Perguntei a meu irmão se a Kelly bebia chocolate.

"Tá doidão?"

E de novo minha mãe pediu a meu irmão para não usar aquela linguagem na minha frente, o que era estranho de novo, porque acho que sou a única pessoa na minha família que já ficou doidão. Talvez também meu irmão. Não tenho certeza. Definitivamente, minha irmã não. Talvez toda a minha família já tivesse ficado doidona e nós não conversávamos sobre essas coisas.

Minha irmã passou os dez minutos seguintes atacando o sistema grego de irmandades e fraternidades. Ela ficou contando histórias de "trotes" e de como os garotos morriam antigamente. Depois ela contou uma história sobre como ouviu dizer que havia uma irmandade que fazia com que as garotas novatas ficassem de roupa íntima enquanto elas marcavam suas "gorduras" com pincel atômico. Àquela altura, meu irmão já estava cheio da minha irmã.

"Que merda!"

Ainda não consigo acreditar que meu irmão tenha xingado no carro e meu pai ou minha mãe não tenha dito nada. Acho que é porque ele está na faculdade agora, então está tudo bem. Minha irmã não se importa com a palavra. Ela seguiu em frente.

– Não é merda. Foi o que eu soube.

– Cuidado com a boca, jovenzinha – disse meu pai do assento da frente.

– Ah, é? Onde você ouviu isso? – perguntou meu irmão.

– No rádio – disse a minha irmã.

– Ah, meu Deus. – Meu irmão soltou uma gargalhada.

– Bom, foi o que eu soube.

Minha mãe e meu pai pareciam estar assistindo a uma partida de tênis pelo para-brisa, porque ficaram sacudindo a cabeça. Não disseram nada. Não olharam para trás. Tenho de ressaltar, contudo, que meu pai lentamente começou a colocar a música de Natal do rádio em um volume ensurdecedor.

– Você está dizendo um monte de asneira. Como você poderia saber de alguma coisa? Nunca foi a uma faculdade. Kelly não faz uma coisa dessas.

As vantagens de ser invisível

— Ah, é... de acordo com o que ela diz.

— É. Ela me contaria. Não temos segredos um com o outro.

— Ah, você faz a linha Nova Era sensível.

Eu queria que eles parassem de brigar porque eu estava começando a ficar perturbado, então mudei de assunto:

— Vocês conversam sobre livros e essas coisas?

— Obrigado por perguntar, Charlie. Sim. Na verdade, nós conversamos. O livro favorito da Kelly é nada menos que *Walden*, de Henry David Thoreau. E há pouco tempo a Kelly disse que o movimento transcendental forma um paralelo estreito com nossa época.

— Uau. Grande discurso. — Minha irmã vira os olhos melhor do que ninguém.

— Ah, com licença. Alguém estava falando com você? Acontece que eu estou conversando com meu irmão mais novo sobre minha namorada. A Kelly disse que espera que um bom candidato democrata derrote George Bush. Disse que sua esperança é que a lei de direitos iguais possa finalmente ser aprovada, se isso acontecer. É isso mesmo. Direitos iguais, de que você sempre reclama. Até líderes de torcida pensam coisas assim. E elas podem ser muito divertidas também.

Minha irmã cruzou os braços e começou a assoviar. Mas meu irmão estava muito ligado para parar. Percebi que o pescoço do meu pai estava ficando vermelho.

— Mas há outra diferença entre vocês duas. É o seguinte: Kelly acredita tanto nos direitos da mulher que nunca deixaria que um cara batesse nela. Acho que não posso dizer o mesmo de você.

Juro por Deus que quase morremos. Meu pai pisou no freio com tanta violência que meu irmão quase voou do assento. Quando o cheiro dos pneus começou a se dissipar, meu pai respirou fundo e se virou. Primeiro ele se voltou para meu irmão. Não disse uma só palavra. Só ficou olhando para ele.

Meu irmão olhou para meu pai como um cervo apanhado numa caçada por meus primos. Depois de uns dois segundos, meu irmão se virou para minha irmã. Acho que ele se sentiu mal com o que disse por causa das palavras que vieram:

— Desculpe, está bem? Ah, vamos lá. Não chore.

Minha irmã estava chorando tanto que eu fiquei assustado. Depois, meu pai se virou para minha irmã. Novamente, ele não disse nada. Só estalou os dedos para distraí-la do choro. Ela olhou para ele. No início, ficou confusa, porque o olhar dele não era carinhoso. Mas depois ela olhou para baixo, encolheu os ombros e se virou para o meu irmão.

— Desculpe pelo que disse sobre a Kelly. Ela parece legal.

Depois meu pai se virou para a minha mãe. E minha mãe se virou para nós.

— Seu pai e eu não queremos mais briga. Especialmente na casa da família. Entenderam?

Às vezes minha mãe e meu pai formavam uma dupla perfeita. É maravilhoso assistir. Meu irmão e minha irmã concordaram com a cabeça e olharam para baixo. Depois meu pai se virou para mim.

– Charlie...

– Sim, senhor?

Era importante dizer "senhor" nessas horas. E se eles o chamarem pelo nome do meio, é melhor ter cuidado. Estou falando sério.

– Charlie, gostaria que você dirigisse pelo resto do caminho até a casa da minha mãe.

Todos no carro sabiam que essa era a pior ideia que meu pai teve em toda a vida. Mas ninguém questionou. Ele tirou o carro do meio da estrada. Ficou no assento entre meu irmão e minha irmã. Pulei para o banco da frente, afoguei o motor duas vezes e coloquei o cinto de segurança. Dirigi pelo resto do caminho. Eu não suava tanto desde a época em que praticava esportes, e era um suor frio.

A família do meu pai era parecida com a da minha mãe. Meu irmão certa vez disse que eram os mesmos primos com nomes diferentes. A grande diferença era minha avó. Eu adoro minha avó. Todo mundo adora a vovó. Ela estava esperando por nós na entrada, como sempre fazia. Ela sempre sabia quando alguém estava chegando.

– É o Charlie que está dirigindo agora?

– Ele fez dezesseis ontem.

– Oh.

Minha avó era muito velha e ela não se lembrava de muita coisa, mas fazia os biscoitos mais deliciosos. Quando eu era muito pequeno, tínhamos a mãe da minha mãe, que sempre tinha doces, e a mãe do meu pai, que sempre tinha biscoitos. Minha mãe me disse que, quando eu era pequeno, eu as chamava de "vovó doce" e "vovó biscoito". Eu também chamava massa de pizza de "osso de pizza". Não sei por que estou lhe contando essas coisas.

É como minha primeira lembrança, que acho que foi a primeira vez em que tive consciência de que estava vivo. Minha mãe e tia Helen me levaram ao zoológico. Acho que eu tinha três anos. Não me lembro dessa parte. De qualquer modo, estávamos vendo duas vacas. A vaca mãe e seu bebê bezerro. E eles não tinham muito espaço para andar. Em todo caso, o bezerro estava parado bem debaixo da mãe, tipo passeando, e a mamãe vaca fazia "caca" na cabeça do bebê bezerro. Achei a coisa mais divertida que já tinha visto no mundo e ri daquilo por umas três horas. No início, mamãe e tia Helen também riram, porque estavam felizes que eu estivesse rindo. Parece que eu não falava muito quando era pequeno, e quando eu parecia normal elas ficavam felizes. Mas três horas depois elas tentaram fazer com que eu parasse de rir, mas só o que conseguiam era me fazer rir mais ainda. Não acho que fossem realmente três horas, mas parece ter sido um longo tempo. Até hoje eu penso nisso. Parece ter sido uma espécie de começo "auspicioso".

Depois dos abraços e apertos de mãos, entramos na casa da minha avó e toda a família da parte de meu pai estava lá. Meu tio-avô Phil com sua dentadura e minha tia Rebecca, que é irmã do meu pai. Mamãe nos disse que a tia Rebecca tinha se divorciado de novo e que não devíamos falar nesse assunto. Eu só conseguia pensar nos biscoitos, mas vovó não fez nenhum esse ano por causa do problema nos quadris.

Nós sentamos e assistimos à televisão. Meus primos e meu irmão falaram de futebol. E meu tio-avô Phil bebia. E jantamos. E eu tive de me sentar à mesinha das crianças porque havia mais primos na família do meu pai.

As crianças pequenas falam das coisas mais estranhas. É verdade.

Depois do jantar é que assistimos ao filme *A felicidade não se compra*, e eu comecei a me sentir cada vez mais triste. Quando estava subindo as escadas para o antigo quarto do meu pai, e olhando as velhas fotografias, comecei a pensar que houve uma época em que essas coisas não eram lembranças. Que alguém tirou aquela foto, e as pessoas na foto estavam almoçando ou coisa parecida.

O primeiro marido da minha avó morreu na Coreia. Meu pai e minha tia Rebecca eram muito novos. E minha avó se mudou com os dois filhos para a casa do irmão, meu tio-avô Phil.

No fim, depois de alguns anos, minha avó estava se sentindo muito triste porque tinha dois filhos pequenos, e estava cansada de ser garçonete o tempo todo. Então, um dia, ela estava trabalhando no restaurante e um motorista de caminhão a convidou para sair. Minha avó era muito bonita, mesmo naquela velha fotografia. Eles namoraram por algum tempo. E finalmente se casaram. Ele se tornou um sujeito terrível. Batia no meu pai o tempo todo. E batia na tia Rebecca o tempo todo. E batia muito na minha avó. Todo o tempo. E minha avó não podia fazer nada. Eu acho que não, porque isso durou uns sete anos.

Finalmente terminou, quando meu tio-avô Phil viu hematomas na tia Rebecca e arrancou a verdade de minha avó. Depois ele reuniu alguns amigos da fábrica. E eles encontraram o segundo marido da minha avó no bar. E deram uma surra nele. Meu tio-avô Phil adora contar a história quando minha avó não está por perto. A história sempre muda, mas em essência é sempre a mesma. O cara morreu quatro dias depois no hospital.

Ainda não sei como o tio-avô Phil não foi para a cadeia pelo que fez. Perguntei a meu pai uma vez e ele disse que as pessoas que moravam na vizinhança compreendiam que algumas coisas não deviam ser ditas à polícia. Ele disse que, se alguém tocava em sua mãe ou em sua irmã, tinha de pagar por isso, e todos faziam vista grossa.

Só que foi muito ruim ter durado sete anos, porque tia Rebecca acabou com o mesmo tipo de marido. Com a tia Rebecca foi diferente, porque a vizinhança mudou. Meu tio-avô Phil estava velho demais, e meu pai saiu da cidade. Em vez disso, ela conseguia ordens judiciais para mantê-los afastados.

Fico pensando no que meus três primos, que são filhos da tia Rebecca, se transformarão. Uma menina e dois meninos. Fico triste também porque acho que a menina provavelmente terminará como a tia Rebecca, e um dos meninos provavelmente terminará como o pai dele. O outro menino deve terminar como o meu pai, porque ele pratica esportes e teve um pai diferente dos irmãos dele. Meu pai conversa muito com ele e ensina como lançar e rebater no beisebol. Eu costumava sentir ciúmes disso quando era pequeno, mas não sinto mais. Porque meu irmão disse que meu primo é o único dessa família que tem uma chance. Ele precisa do meu pai. Acho que compreendo isso agora.

O antigo quarto do meu pai está quase exatamente como ele deixou, exceto que agora parece mais desbotado. Tem um globo em uma mesa que já girou muito. E velhos pôsteres de jogadores de beisebol. E velhos recortes de jornal sobre meu pai ganhando o grande jogo quando era segundanista. Não sei o porquê, mas eu entendo por que meu pai teve de sair desta casa. Quando ele soube que minha avó nunca encontraria outro homem porque não tinha mais confiança e nunca mais olharia para nenhum outro porque não sabia como. E quando ele viu que a irmã começou a trazer versões mais novas dos padrastos para casa para namorar. Ele não podia ficar.

Deitei-me na sua velha cama e olhei pela janela para a árvore que provavelmente era muito menor quando meu pai olhava para ela. E eu pude sentir o que ele sentiu na noite em que percebeu que, se não partisse, nunca teria sua própria vida. Seria a vida deles. Pelo menos foi como ele colocou. Talvez seja por isso que o lado da família de meu pai assista ao mesmo filme todo ano. Faz sentido. Talvez eu deva mencionar que meu pai nunca chora no final.

Não sei se vovó ou tia Rebecca um dia perdoarão meu pai por tê-las deixado. Só o meu tio-avô Phil entende essa parte. É sempre estranho ver como meu pai muda quando está perto da mãe e da irmã. Ele se sente mal o tempo todo, e sua irmã e ele sempre dão uma caminhada sozinhos. Uma vez olhei pela janela e vi meu pai lhe dando dinheiro.

Imagino o que tia Rebecca diz no carro quando está voltando para casa. Imagino o que os filhos dela dizem. Imagino que eles falem de nós. Imagino que eles olhem para minha família e se perguntem quem tem uma chance de conseguir. Aposto que é isso o que eles fazem.

Com amor,
Charlie

26 de dezembro de 1991

Querido amigo,

Estou sentado em minha cama agora, depois de duas horas de estrada de volta para casa. Minha irmã e meu irmão foram muito legais um com o outro, então eu não tive de dirigir.

Em geral, na volta para casa, vamos visitar o túmulo da tia Helen. É uma espécie de tradição. Meu irmão e meu pai nunca querem ir, mas eles sabem que não devem dizer nada por causa de minha mãe e de mim. Minha irmã é meio neutra, mas ela é sensível a certas coisas.

Todas as vezes que vamos ver o túmulo da tia Helen, minha mãe e eu gostamos de falar de alguma coisa realmente boa sobre ela. Na maioria dos anos é sobre como ela me deixou ficar acordado e assistir ao *Saturday Night Live*. E minha mãe sorri porque ela sabe que, se fosse criança, teria ficado acordada e assistido também.

Nós depositamos flores e às vezes um cartão. Queremos que ela saiba que não a esquecemos, que pensamos nela e que ela era especial. Ela não sabia disso o bastante quando estava viva, como minha mãe sempre diz. E, como meu pai, acho que minha mãe se sente culpada por isso. Tão culpada que, em vez de lhe dar dinheiro, ela lhe deu uma casa para morar.

Quero que você entenda por que minha mãe se sente culpada. Eu devia contar a você, mas não tenho muita certeza se devo. Tenho de falar sobre isso com alguém. Ninguém na minha família jamais conversou sobre esse assunto. É uma coisa que eles não fazem. Estou falando da coisa ruim que aconteceu com a tia Helen que eles não quiseram me contar quando eu era pequeno.

Toda vez que chega o Natal eu não consigo deixar de pensar nisso... e muito. É uma coisa que me deixa profundamente triste.

Não vou dizer quem. Não vou dizer quando. Só vou dizer que a tia Helen foi estuprada. Odeio essa palavra. Foi feito por alguém que era muito próximo dela. Não foi o pai dela. Ela no final contou ao pai. Ele não acreditou por causa de quem ele era. Um amigo da família. Isso só tornou as coisas piores. Minha avó nunca disse nada. E o homem continuou a visitá-los.

Tia Helen bebia muito. Tia Helen se drogava muito. Tia Helen tinha muitos problemas com homens e rapazes.

Ela foi uma pessoa muito infeliz na maior parte da vida. Parava em hospitais o tempo todo. Todo tipo de hospital. Por fim, ela foi para um hospital que a ajudou a refletir o bastante para que tentasse ter uma vida normal, e então ela foi morar com a minha família. Começou fazendo cursos para conseguir um bom emprego. Disse a seu último homem mau que a deixasse em paz. Começou a perder peso sem ter de fazer dieta. Cuidava de nós, então meus pais podiam sair e beber e jogar cartas. Deixava a gente ficar acordado até tarde. Ela era a única pessoa, além de minha mãe, meu pai, meu irmão e minha irmã, que me dava dois presentes. Um de aniversário. Outro de Natal. Mesmo quando ela se mudou para minha casa e não tinha dinheiro. Ela sempre me comprava dois presentes. E sempre eram os melhores presentes.

Em 24 de dezembro de 1983, um policial bateu à porta. Tia Helen tinha sofrido um acidente de carro horrível. Estava nevando muito. O policial disse à minha mãe que a tia Helen tinha morrido. Era um homem muito legal, porque quando minha mãe começou a chorar ele disse que tinha sido um acidente muito grave e que a tia Helen morreu instantaneamente. Em outras palavras, não sentiu dor. Nunca mais sentiu dor.

O policial pediu à minha mãe para acompanhá-lo e identificar o corpo. Meu pai ainda estava no trabalho. Foi quando eu apareci com meus irmãos. Era meu aniversário de sete anos. Todos nós vestíamos chapéus de festa. Minha mãe fez com que meus irmãos usassem um também. Minha irmã viu a mamãe chorando e perguntou o que havia de errado. Minha mãe não conseguiu dizer nada. O policial se ajoelhou e nos contou o que aconteceu. Meu irmão e minha irmã choraram. Mas eu não. Eu sabia que o policial estava errado.

Minha mãe pediu a meus irmãos para cuidarem de mim e saiu com o policial. Acho que assisti à tevê. Não me lembro muito bem. Meu pai chegou em casa antes da minha mãe.

"Por que essas carinhas tristes?"

Contamos a ele. Ele não chorou. Perguntou se a gente estava bem. Meus irmãos disseram que não. Eu disse que sim. O policial tinha cometido um erro. Estava nevando muito. Provavelmente ele não conseguiu ver. Minha mãe chegou em casa. Estava chorando. Olhou para meu pai e sacudiu a cabeça. Meu pai a abraçou. Foi aí que eu percebi que o policial não tinha errado.

Não sei bem o que aconteceu depois, e nunca perguntei. Só me lembro de estar indo para o hospital. Lembro-me de estar sentado em uma sala com luzes brilhantes. Lembro-me de um médico me fazendo perguntas. Lembro-me de dizer a ele que a tia Helen era a única pessoa que me abraçava. Lembro-me de ver minha família no Natal em uma sala de espera. Lembro-me de não ter tido permissão para ir ao enterro. Lembro que nunca disse adeus à tia Helen.

Não sei quanto tempo fiquei indo ao médico. Não me lembro de quanto tempo deixei de ir à escola. Foi por muito tempo. Sei que foi muito. Tudo de que me lembro é do dia em que comecei a me sentir melhor, porque eu me lembrei da última coisa que a tia Helen disse antes de sair de carro na neve.

Ela estava vestindo um casaco. Eu estava com as chaves do carro porque sempre era o único que sabia onde encontrá-las. Perguntei à tia Helen aonde estava indo. Ela me disse que era um segredo. Continuei atazanando a tia Helen, o que ela adorava. Ela adorava a forma como eu a enchia de perguntas. Finalmente ela sacudiu a cabeça, sorriu e sussurrou ao meu ouvido:

"Estou indo comprar seu presente de aniversário."

Foi a última vez em que a vi. Gosto de pensar que agora tia Helen teria aquele bom emprego para o qual estava se preparando. Gosto de pensar que ela encontraria um bom homem. Gosto de pensar que ela teria perdido peso, o que ela sempre quis, sem precisar fazer dieta.

Apesar de tudo que minha mãe, meu pai e o médico me disseram sobre a culpa, não consigo parar de pensar no que eu sei. E eu sei que minha tia Helen ainda estaria viva hoje se tivesse me comprado um presente só como todo mundo fazia. Ela estaria viva se eu tivesse nascido em uma época em que não nevasse. Eu faria qualquer coisa para que fosse dessa forma. Sinto demais a falta dela. Tenho de parar de escrever agora, porque estou triste demais.

Com amor,
Charlie

30 de dezembro de 1991

Querido amigo,
    Um dia depois de ter escrito pra você, terminei *O apanhador no campo de centeio*. Desde então, li o livro três vezes. Não sei bem que outra coisa posso fazer. Sam e Patrick finalmente voltam para casa hoje à noite, mas não irei vê-los. Patrick vai se encontrar com Brad em algum lugar. Sam vai sair com Craig. Eu os verei amanhã no Big Boy e depois na festa de Ano-Novo do Bob.
    O que está me empolgando é que eu mesmo vou dirigir o carro até o Big Boy. Meu pai disse que eu não podia dirigir até que o tempo melhorasse, e finalmente ficou um pouco melhor ontem. Gravei minha fita para a ocasião. É chamada "A Primeira Vez que Dirigi". Talvez eu esteja sendo sentimental demais, mas prefiro pensar que, quando eu estiver velho, vou poder olhar todas essas fitas e lembrar das vezes em que dirigi o carro.
    Na primeira vez em que dirigi foi para ver a tia Helen. Foi a primeira vez que fui vê-la sem a minha mãe. Fiz com que fosse uma ocasião especial. Comprei flores com o dinheiro que ganhei no Natal. Cheguei a gravar uma fita e a deixei no túmulo. Espero que você não pense que eu sou esquisito por causa disso.
    Contei toda a minha vida à tia Helen. Sobre Sam e Patrick. Sobre os amigos deles. Sobre minha primeira festa de Ano-Novo amanhã. Contei a ela sobre como meu ir-

mão jogaria sua última partida de futebol da temporada no dia de Ano-Novo. Contei a ela sobre meu irmão partindo e como minha mãe chorou. Contei a ela sobre os livros que eu leio. Sobre a canção "Asleep". Contei a ela de quando nós nos sentimos infinitos. Sobre mim mesmo, obtendo minha carteira de motorista. De como minha mãe nos trouxe aqui. E como eu dirigi na volta. E como o policial que aplicou o exame não parecia estranho nem tinha um nome engraçado, o que para mim pareceu trapaça.

Lembro que, quando eu tinha acabado de dizer adeus à minha tia Helen, comecei a chorar. Foi um choro muito verdadeiro também. Não do tipo aterrorizado, que eu tenho muito. E prometi à tia Helen só chorar por coisas importantes, porque eu odiaria pensar que chorar como eu sempre faço diminuiria a importância desse choro pela tia Helen.

Depois eu disse adeus e voltei para casa.

Li o livro de novo nesta noite porque eu sabia que, se não o fizesse, provavelmente começaria a chorar novamente. O do tipo aterrorizado, eu quero dizer. Li até que fiquei completamente exausto e tive de ir dormir. Pela manhã, terminei o livro e depois comecei imediatamente a lê-lo de novo. Qualquer coisa para não sentir vontade de chorar. Porque eu prometi à tia Helen. E porque eu não quero começar a pensar novamente. Não como eu fiz na semana passada, não posso pensar novamente. De novo, não.

Não sei se você já se sentiu assim, querendo dormir por mil anos. Ou se sentiu que não existe. Ou que não tem consciência de que existe. Ou algo parecido. Acho que querer isso é muito mórbido, mas eu quero quando me sinto assim. É por isso que estou tentando não pensar. Só quero que tudo pare de rodar. Se ficar pior, eu terei de ir ao médico. E teria aquela coisa ruim novamente.

Com amor,
Charlie

1º de janeiro de 1992

Querido amigo,

Agora são quatro horas da manhã e é Ano-Novo, embora ainda seja 31 de dezembro, isto é, até que as pessoas durmam. Não consigo dormir. Todo mundo está ou dormindo ou fazendo sexo. Fiquei assistindo à tevê a cabo e comendo jujuba. E vendo coisas se moverem. Queria contar a você sobre Sam e Patrick, e Craig e Brad, e Bob e todo mundo, mas não consigo me lembrar direito agora.

Lá fora está tranquilo. Sei disso. E fui de carro até o Big Boy mais cedo. E vi Sam e Patrick. E eles saíram com Brad e Craig. E isso me deixou triste, porque eu queria ficar sozinho com eles. Isso nunca aconteceu antes.

As coisas ficaram piores há uma hora, e eu estava olhando esta árvore, mas era um dragão e depois uma árvore, e me lembro de que o dia estava lindo quando eu fazia parte do ar. E me lembro de aparar a grama naquele dia para ganhar minha mesada, como estou removendo a neve da entrada de carros com uma pá para ganhar minha mesada agora. Então comecei a tirar a neve da entrada do Bob, o que é uma coisa estranha de fazer em uma festa de Ano-Novo.

Meu rosto está vermelho de frio, como a cara de bêbado do Sr. Z e seus sapatos pretos e sua voz dizendo que quando uma lagarta vai para um casulo é como uma tortura, e como leva sete anos para um chiclete ser digerido. E aquele garoto, o Mark, na festa que me deu aquilo saiu do nada e olhou para o céu e me disse para ver as estrelas. Então eu olhei para cima, e estávamos em uma cúpula gigante como uma bola de neve de vidro, e Mark disse que as estrelas muito brancas eram na verdade somente buracos no vidro negro da cúpula, e quando você foi ao céu, o vidro quebrou, e não havia nada, exceto um monte de estrelas brancas, que são mais brilhantes que qualquer coisa, mas não ferem os olhos. Era imenso, aberto e delicadamente quieto, e eu me senti muito pequeno.

Às vezes eu olho para fora e penso que um monte de outras pessoas viu essa neve antes. Assim como eu penso que um monte de outras pessoas leu aqueles livros antes. E ouviram aquelas canções.

Eu me pergunto como elas estão se sentindo esta noite.

Não sei bem o que estou dizendo. Provavelmente eu não devia escrever isso, porque ainda vejo coisas em movimento. Quero que elas parem de se mexer, mas provavelmente elas não vão fazer isso por mais algumas horas.

Foi o que Bob disse antes de sair de seu quarto com Jill, uma garota que não conheço.

Acho que o que estou dizendo é que tudo isso parece muito familiar. Mas eu não estou familiarizado com isso. Só sei que outro garoto sentiu a mesma coisa. Dessa vez, quando está tranquilo do lado de fora e você vê coisas se mexendo, e não quer isso, e todos estão dormindo. E todos os livros que você leu foram lidos por outras pessoas. E todas as canções que você gostou foram ouvidas por outras pessoas. E aquela garota que é bonita para você é bonita para outras pessoas. E você sabe que, se enxergasse esses fatos quando era feliz, se sentiria ótimo, porque estaria descrevendo a "união".

É como quando você está excitado com uma garota e vê um casal de mãos dadas, e se sente feliz por eles. E outras vezes você vê o mesmo casal e eles te deixam louco. E tudo o que você quer é se sentir sempre feliz por eles, porque você sabe que se for assim significa que você está feliz também.

Acabo de lembrar o que me fez pensar desta forma. Vou escrever sobre isso porque, se eu fizer, não terei de pensar no assunto. E não quero ficar triste. Mas o caso é que posso ouvir Sam e Craig fazendo sexo, e, pela primeira vez na minha vida, entendo o final do poema.

E eu nunca tinha entendido. Você tem que acreditar em mim.

Com amor,
Charlie

PARTE 3

PART II

4 de janeiro de 1992

Querido amigo,

    Desculpe pela última carta. Para dizer a verdade, eu não me lembro muito bem dela, mas sei, pelo modo como acordei, que não deve ter sido muito legal. Tudo de que me lembro do resto da noite foi ter procurado por toda a casa por um envelope e um selo. Quando finalmente encontrei, escrevi seu endereço e desci a colina até a agência dos Correios porque eu sabia que, se não colocasse numa caixa de correio da qual não pudesse pegar de volta, a carta nunca seria enviada.

    É estranho como aquilo pareceu importante na hora.

    Depois que fui à agência dos Correios, coloquei a carta na caixa. E me senti completo. E calmo. Depois comecei a vomitar, e não parei de vomitar até que o sol nascesse. Olhei para a estrada e vi um monte de carros, e eu sabia que eles estavam indo para a casa de seus avós. E eu sabia que um monte deles veria o jogo de futebol do meu irmão mais tarde à noite. E minha mente ficou jogando amarelinha.

    Meu irmão... futebol... Brad... Dave e a garota no meu quarto... os casacos... o frio... o inverno... "Folhas de Outono"... não conte a ninguém... seu pervertido... Sam e Craig... Sam... Natal... máquina de escrever... presente... tia Helen... e as árvores se mexendo... elas não paravam de se mover... então me deitei e fiz um anjo de neve.

O policial me encontrou lívido e dormindo.

Não parei de tremer de frio por um bom tempo depois que minha mãe e meu pai me levaram de carro ao pronto-socorro. Ninguém ficou muito nervoso, porque essas coisas costumavam acontecer comigo quando eu era pequeno, quando estava indo ao médico. Eu vagava por aí e caía no sono em algum lugar. Todo mundo sabia que eu tinha ido a uma festa, mas ninguém, nem mesmo a minha irmã, achou que foi por causa disso. E eu mantive a boca fechada porque não queria que Sam e Patrick, ou Bob, ou qualquer pessoa, tivessem problemas. Mas, principalmente, eu não queria ver o rosto de minha mãe e especialmente o do meu pai se eles ouvissem a verdade de mim.

Então, não contei nada a ninguém.

Só fiquei quieto e olhei em volta. E percebi certas coisas. Os pontos no teto. Ou como o cobertor que me deram era áspero. Ou como o rosto do médico parecia de borracha. Ou como tudo era um sussurro ensurdecedor, quando ele disse que talvez eu devesse começar a ver um psiquiatra novamente. Foi a primeira vez que um médico falou com meus pais na minha presença. E o jaleco dele era tão branco. E eu estava tão cansado.

Tudo em que consegui pensar durante o dia todo era que tínhamos perdido o jogo de futebol do meu irmão por minha causa, e esperei que minha irmã tivesse se lembrado de gravar.

Felizmente, ela gravou.

Voltamos para casa e minha mãe fez um chá para mim, e meu pai me perguntou se eu queria sentar e assistir ao jogo, e eu disse que sim. Vimos meu irmão fazer uma grande partida, mas dessa vez ninguém torceu muito. Todos os olhos estavam em cima de mim. E minha mãe disse um monte de palavras de estímulo sobre como eu estava indo bem na escola esse ano e que talvez o médico me ajudasse a colocar as coisas em ordem. Minha mãe pode ficar quieta e falar ao mesmo tempo quando está sendo positiva. Meu pai não parava de me dar "tapinhas carinhosos". Os tapinhas carinhosos são soquinhos suaves de encorajamento que são dados no joelho, nos ombros e no braço. Minha irmã disse que pode me ajudar a ajeitar o cabelo. Era estranho ver os três dando muita atenção a mim.

– Que quer dizer com isso? O que há de errado com meu cabelo?

Minha irmã ficou olhando, pouco à vontade. Levei as mãos ao cabelo e percebi que boa parte dele se fora. Sinceramente não me lembro de quando fiz isso, mas, a julgar pela aparência do meu cabelo, eu devo ter pegado uma tesoura e começado a cortar sem nenhuma estratégia. Faltavam grandes chumaços em toda parte. Como o corte de um açougueiro. Não me olhei no espelho na festa por muito tempo porque meu rosto estava diferente e lutava contra mim. Ou eu teria percebido.

Minha irmã me ajudou a arrumá-lo um pouco e eu tive sorte, porque todos na escola, inclusive Sam e Patrick, acharam que estava legal.

"Chique" foi o que disse Patrick.

Apesar disso, decidi nunca mais tomar LSD.

Com amor,
Charlie

14 de janeiro de 1992

Querido amigo,

Estou me sentindo um grande impostor porque deixei toda a minha vida para trás e ninguém sabe disso. É difícil sentar na minha cama e ler como eu sempre fiz. É difícil até falar com meu irmão ao telefone. O time dele terminou em terceiro no nacional. Ninguém contou a ele que nós não vimos o jogo por minha causa.

Fui à biblioteca e procurei por um livro, porque estava assustado. De vez em quando as coisas começam a se mexer novamente e os sons ficam graves e surdos. E eu não consigo colocar os pensamentos em ordem. O livro dizia que às vezes as pessoas tomam LSD e não conseguem sair realmente dele. Ele diz que o LSD aumenta um tipo de transmissor cerebral. Diz que a droga corresponde essencialmente a doze horas de esquizofrenia; se você

As vantagens de ser invisível

já tem muito desse transmissor cerebral, não consegue sair dessa.

Comecei a respirar mais rápido na biblioteca. Foi muito ruim, porque me lembrei de algumas crianças esquizofrênicas no hospital quando eu era pequeno. E o pior é que foi um dia depois de eu ter percebido que todos os garotos estavam usando suas roupas novas de Natal, então decidi vestir meu novo terno que Patrick me deu para ir à escola, e caçoaram de mim por nove horas seguidas. Foi um daqueles dias ruins. Matei a primeira aula e fui procurar Sam e Patrick do lado de fora.

– Tá elegante, Charlie – disse Patrick, sorrindo.

– Pode me dar um cigarro? – eu disse. Não conseguia ver a mim mesmo dizendo "filar um cigarro". Não na primeira vez. Eu não consegui.

– Claro – disse Patrick.

Sam o deteve.

– O que foi, Charlie?

Contei a ela o que havia de errado, o que levou Patrick a ficar me perguntando se foi uma "viagem ruim".

– Não, não. Não é isso. – Eu estava ficando bem perturbado.

Sam colocou o braço em torno dos meus ombros e disse que sabia o que tinha acontecido comigo. Disse para eu não me preocupar com isso. Depois que você faz isso, você se lembra de como as coisas se parecem. É só isso. É como uma estrada que fica cheia de curvas. E como seu rosto era de plástico e seus olhos têm tamanhos diferentes. Tudo está na sua cabeça.

Depois disso, ela me deu um cigarro.

Não tossi quando traguei. Até que me acalmou. Sei que não é isso que ensinam na aula de saúde, mas não é verdade.

– Agora concentre-se na fumaça – disse Sam.

E eu me concentrei na fumaça.

– Agora parece normal, não é?

– Hum-hum. – Acho que foi o que eu disse.

– Agora olhe para o piso do pátio. Ele está se mexendo?

– Hum-hum.

– Muito bem... Agora concentre-se na folha de papel que está ali no chão.

E eu me concentrei na folha de papel que estava no chão.

– O piso está se movendo agora?

– Não, não está.

A partir de agora, para que você se sinta bem, para que você nunca mais tome ácido de novo, Sam passou a explicar o que ela chamava de "o êxtase". O êxtase acontece quando você não focaliza nada e todo o ambiente desaparece e se move em volta de você. Ela disse que isso era em geral metafórico, mas, para as pessoas que nunca devem tomar ácido, era real.

Foi aí que eu comecei a rir. Estava bastante aliviado. E Sam e Patrick sorriram. Fiquei contente de eles sorrirem também, porque eu não estava suportando a cara de preocupação deles.

As vantagens de ser invisível

As coisas pararam de se mover na maior parte do tempo desde então. Não matei a outra aula. E acho agora que não me sinto como um grande impostor por tentar deixar minha vida para trás. Bill achou meu trabalho sobre *O apanhador no campo de centeio* (que escrevi em minha nova máquina de escrever antiga!) o melhor que já fiz. Ele disse que eu estava me "desenvolvendo" em um ritmo rápido e me deu um livro diferente como uma "recompensa". É *Pé na estrada*, de Jack Kerouac.

Agora fumo mais de dez cigarros por dia.

Com amor,
Charlie

25 de janeiro de 1992

Querido amigo,

Estou me sentindo ótimo! De verdade. Tenho de me lembrar disso na próxima vez que tiver uma semana ruim. Já aconteceu com você? Já se sentiu muito mal, depois tudo passar e você não saber por quê? Eu tento me lembrar, quando me sinto ótimo como agora, que haverá outra semana terrível algum dia, então procuro guardar o maior número de detalhes que posso, e assim, na próxima semana terrível, vou poder lembrar esses detalhes e acreditar que vou me sentir bem novamente. Não funciona muito, mas acho muito importante tentar.

Meu psiquiatra é um cara muito legal. É muito melhor do que o último que tive. Conversamos sobre coisas que eu sinto, penso e me lembro. Como quando eu era pequeno e aquela época em que andei pela rua no meu bairro. Eu estava completamente nu, segurando um guarda-chuva azul brilhante, embora não estivesse chovendo. E estava tão feliz, porque isso fez minha mãe sorrir. E ela raramente sorria. Então, ela tirou uma foto. E os vizinhos reclamaram.

Da outra vez, eu vi um comercial de um filme sobre um homem que fora acusado de assassinato, mas não havia cometido crime nenhum. Um cara do *M*A*S*H* era o astro do filme. Provavelmente é por isso que eu me lembro dele. O trailer dizia que durante todo o filme ele tentava provar sua inocência, e que ele foi para a cadeia, apesar disso. Fiquei muito assustado. Fiquei assustado com o quanto aquilo me assustou. Ser punido por uma coisa que você não fez. Ser uma vítima inocente. Não quero passar por isso nunca.

Não sei se é importante contar tudo isso a você, mas, na época, achei que foi uma "ruptura".

O melhor em meu psiquiatra é que ele tem revistas de música na sala de espera. Li um artigo sobre o Nirvana em uma das consultas, e não havia nenhuma referência a molho de mostarda ou alfaces. Eles ficaram falando dos problemas de estômago do cantor o tempo todo, apesar disso. Era estranho.

Como contei a você, Sam e Patrick adoravam sua nova canção, então acho que li o artigo para ter o que con-

As vantagens de ser invisível

versar com eles. No fim, a revista o comparava a John Lennon, dos Beatles. Contei isso a Sam mais tarde e ela ficou muito irritada. Disse que ele era como Jim Morrison, se fosse parecido com alguém, mas na verdade não era parecido com ninguém, somente consigo mesmo. Estávamos no Big Boy depois de *The Rocky Horror* e começou uma baita discussão.

Craig disse que o problema com as coisas é que todo mundo sempre está comparando todos a todo mundo, e que por causa disso ele não acreditava nas pessoas, como em suas aulas de fotografia.

Bob disse que tudo isso era porque nossos pais não querem que a gente cresça e que eles ficam mortificados quando não podem nos comparar a alguma coisa.

Patrick disse que o problema era que, como tudo já tinha acontecido, era difícil explorar novos terrenos. Ninguém pode ser tão grande como os Beatles porque eles já criaram um "contexto". O motivo de eles serem tão grandes era que não tinham ninguém a quem se comparar, então o céu era o limite.

Sam acrescentou que, hoje em dia, uma banda ou alguém se compararia aos Beatles depois do segundo disco, e sua própria voz naquele momento se perderia.

"O que você acha, Charlie?"

Não me lembro de onde ouvi ou li isso. Disse que talvez fosse de *Este lado do paraíso*, de F. Scott Fitzgerald. Em algum ponto perto do fim do livro, o protagonista é apanhado por um homem mais velho. Os dois estão indo para a partida de futebol da Ivy League e têm essa discussão. O mais velho é estabelecido. O garoto está "esgotado".

De qualquer modo, eles têm uma discussão e o garoto é um idealista, pelo menos temporariamente. Ele fala de sua "geração insatisfeita" e coisas assim. E ele diz algo parecido com: "Não é uma época de heróis, porque ninguém deixará que isso aconteça." O livro se passa na década de 1920, que eu acho que foi ótima, porque imagino que o mesmo tipo de diálogo pode acontecer no Big Boy. Provavelmente aconteceu com meus pais e avós. Provavelmente estava acontecendo bem agora.

Então eu disse que achava que a revista estava tentando transformá-lo num herói, mas depois alguém descobriria alguma coisa que o tornaria inferior a um ser humano. E eu não sei por quê; para mim, ele é só um cara que escreve canções que muita gente gosta, e acho que isso era o bastante. Talvez eu esteja errado, mas todos na mesa começaram a falar nisso.

Sam culpou a televisão. Patrick culpou o governo. Craig culpou a "mídia corporativa". Bob estava no banheiro.

Não sei o que foi e não sei se acompanhei alguma coisa, mas me senti ótimo sentado ali conversando sobre nosso lugar nas coisas. Foi igual a quando Bill me disse para "participar". Fui ao baile de ex-alunos, como já lhe contei antes, mas isso era muito mais divertido. Foi especialmente divertido pensar que as pessoas em todo o mundo estavam tendo conversas parecidas em seus equivalentes de Big Boy.

As vantagens de ser invisível

Eu teria dito isso na mesa, mas eles estavam se divertindo sendo cínicos e eu não queria estragar isso. Então, recuei um pouco na cadeira e observei Sam sentada perto do Craig, e tentei não ficar muito triste com aquilo. Tenho de dizer que não tive muito sucesso. Mas, a certa altura, Craig estava falando de algo, e Sam se voltou para mim e sorriu. Foi um sorriso de cinema em câmera lenta, e então tudo ficou bem.

Disse isso a meu psiquiatra, mas ele disse que era cedo demais para tirar conclusões.

Não sei. Só sei que tive um ótimo dia. Espero que você também.

Com amor,
Charlie

2 de fevereiro de 1992

Querido amigo,

Pé na estrada era um livro muito bom. Bill não me pediu para escrever um trabalho sobre ele porque, como eu disse, era "uma recompensa". Ele me pediu para visitá-lo em sua sala depois da aula para discutir o livro, e foi o que eu fiz. Ele fez chá, e eu me senti um adulto. Ele até me deixou fumar um cigarro na sala dele, mas me aconselhou a parar de fumar por causa dos riscos para a saúde. Até tinha um folheto na mesa dele, que me deu. Agora uso como marcador de livro.

    Achei que Bill e eu íamos conversar sobre o livro, mas terminamos falando de "coisas". Foi ótimo ter tantas discussões. Bill me perguntou sobre Sam e Patrick e meus pais, e eu contei a ele sobre minha carteira de motorista e a conversa no Big Boy. Também contei a ele sobre meu psiquiatra. Mas não falei da festa ou de minha irmã e o namorado. Eles ainda estavam se vendo em segredo, o que minha irmã diz que só "inflamava a paixão".

    Depois que falei a Bill de minha vida, pedi que ele falasse da dele. Foi legal também, porque ele não tentou ser legal e se relacionar comigo ou coisa assim. Ele estava sendo ele mesmo. Disse que fez a graduação em uma faculdade do Oeste que não dava notas, o que achei peculiar, mas Bill disse que foi a melhor educação que ele teve. Ele disse que me daria um prospecto de lá quando chegasse a minha hora.

    Depois que foi para a Brown University, para a pós-graduação, Bill viajou pela Europa durante algum tempo e, quando voltou para casa, se filiou ao Teach for America. Quando este ano acabar, ele acha que irá para Nova York e escreverá peças de teatro. Acho que ele ainda é muito novo, embora eu pense que seria rude dizer isso a ele. Perguntei se ele tinha namorada e ele disse que não. Ele pareceu triste ao dizer aquilo também, mas decidi não me intrometer porque achei que seria muito inconveniente. Depois ele me deu outro livro para ler. Chamava-se *Naked Lunch*.

As vantagens de ser invisível

Comecei a ler quando cheguei em casa e, para dizer a verdade, não sei do que o cara está falando. Nunca disse isso ao Bill. Sam me disse que William S. Burroughs escreveu o livro quando usava heroína e que eu devia "seguir o fluxo". Então foi o que eu fiz. Ainda não tenho a menor ideia do que ele estava falando, e então desci as escadas para ver televisão com minha irmã.

O programa era *Gomer Pyle*, e minha irmã estava muito quieta e mal-humorada. Tentei conversar com ela, mas minha irmã me disse para calar a boca e deixá-la em paz. Então assisti ao programa por alguns minutos, mas fazia ainda menos sentido para mim do que o livro e decidi fazer meu dever de casa de matemática, o que foi um erro, porque matemática nunca fez sentido para mim.

Fiquei confuso o dia todo.

Então tentei ajudar minha mãe na cozinha, mas deixei cair uma panela e ela me disse para ir ler em meu quarto até meu pai chegar, mas foi a leitura que tinha começado com toda aquela confusão. Por sorte, meu pai chegou em casa antes que eu pegasse o livro de novo, mas ele me disse para parar de "me aboletar nos ombros dele como um macaco" porque ele queria ver o jogo de hóquei. Vi o jogo com ele por algum tempo, mas não conseguia parar de fazer perguntas sobre os países de origem dos jogadores, e ele estava "descansando os olhos", o que significa que estava dormindo, mas não queria me deixar mudar o canal. Então me disse para ver televisão com minha irmã, o que eu fiz, mas ela me disse para ajudar minha mãe na cozinha, o que eu fiz, mas ela me disse para ler em meu quarto. E foi o que eu fiz.

Já li cerca de um terço do livro e até agora está muito bom.

Com amor,
Charlie

8 de fevereiro de 1992

Querido amigo,

Tenho um encontro numa festa Sadie Hawkins. Caso você não saiba dessas coisas, é uma festa em que as garotas convidam os garotos. No meu caso, a garota é Mary Elizabeth, e o garoto sou eu. Dá para acreditar nisso?

Acho que começou quando eu estava ajudando Mary Elizabeth a grampear a última edição de *Punk Rocky* na sexta-feira, antes de irmos ao *The Rocky Horror Picture Show*. Mary Elizabeth estava muito legal naquele dia. Ela disse que foi a melhor edição que já fizera por duas razões, e as duas razões tinham a ver comigo.

Primeira, era em cores, e, segunda, tinha o poema que eu dei a Patrick.

Foi realmente uma grande edição. Acho que vou pensar muito nela quando estiver mais velho. Craig incluiu algumas fotografias em cores. Sam incluiu algumas notícias "underground" sobre algumas bandas. Mary Elizabeth escreveu um artigo sobre os candidatos democratas. Bob incluiu uma cópia de um panfleto pró-maconha. E Patrick fez aquele falso folheto de propaganda anunciando um "boquete" grátis para qualquer um que comprasse um Smiley Cookie no Big Boy. *Advertência: há restrições!*

Havia um nu fotográfico (de costas) de Patrick, se dá para você acreditar nisso. Sam e Craig tiraram a foto. Mary Elizabeth disse a todos para guardar segredo de que a foto era do Patrick, o que todos fizeram, exceto o Patrick.

Toda noite ele gritava "Mostre, baby! Mostre", que era sua fala favorita do filme predileto dele, *Os produtores*.

Mary Elizabeth me disse que ela achava que Patrick tinha pedido para colocar a foto na edição para que Brad pudesse ter uma foto dele sem despertar suspeitas, mas ele não confirmaria isso. Brad comprou um exemplar sem nem mesmo abrir, então talvez ela tivesse razão.

Quando fui para o *The Rocky Horror Picture Show* naquela noite, Mary Elizabeth estava muito irritada porque Craig não tinha aparecido. Ninguém sabia por quê. Nem mesmo a Sam. O problema é que não havia ninguém para fazer o papel de Rocky, o robô muscular (não sei bem o que é isso). Depois de procurar por alguém, Mary Elizabeth se virou para mim.

– Charlie, há quanto tempo você vê esse show?

– Dez meses.

– Você acha que pode fazer o Rocky?

– Eu não sou atraente e bem-talhado.

– Isso não importa. Pode fazer o papel?
– Acho que sim.
– Acha que sim ou sabe que sim?
– Acho que sim.
– Isso é o bastante.

De repente, pelo que me lembro, eu estava vestindo somente chinelos e um traje de banho, que alguém tinha pintado de dourado. Não sei como essas coisas às vezes acontecem comigo. Fiquei muito nervoso, especialmente porque, no show, Rocky tem que tocar todo o corpo de Janet, e quem fazia Janet era a Sam. Patrick ficou fazendo piada de que eu teria uma "ereção". Eu torcia para que isso não acontecesse. Uma vez, tive uma ereção em aula e tive de ir ao quadro-negro. Foi um momento terrível. E quando minha mente considerou essa experiência e acrescentou um refletor e o fato de que eu estava usando só um calção de banho, entrei em pânico. Quase não fiz o show, mas então Sam me disse que ela queria muito que eu fizesse Rocky, e acho que era tudo que eu precisava ouvir.

Não vou entrar em detalhes sobre todo o show, mas foi o melhor momento que tive em toda a minha vida. Não estou brincando. Eu tinha de fingir que estava cantando e dançando, e usava uma "jiboia de couro" no final, e não tive de pensar nisso porque era parte do show, mas Patrick não parou de falar no assunto.

"Charlie com uma jiboia de couro! Charlie com uma jiboia de couro!" Ele não conseguia parar de rir.

Mas a melhor parte foi a cena com Janet, em que tínhamos de nos tocar. Não foi a melhor parte só porque eu tive de tocar na Sam e ela em mim. Foi exatamente o contrário. Eu sei que parece uma estupidez, mas é verdade. Um pouco antes da cena, pensei na Sam e imaginei que, se eu tocasse nela daquele jeito no palco de propósito, seria vulgar. E no que me diz respeito, acho que se um dia tocar nela de alguma forma nunca vou querer que seja vulgar. Não ia querer ser Rocky e Janet. Ia querer que fosse Sam e eu. E eu queria que fosse recíproco. Então, eu só representei.

Quando o show terminou, todos nós nos curvamos e os aplausos vinham de toda parte. Patrick chegou a me colocar na frente do restante do elenco para eu receber meus próprios aplausos. Acho que era a iniciação para os novos membros do elenco. Tudo o que pude pensar foi como foi legal que todos me aplaudissem e como eu estava contente que ninguém da minha família estivesse ali para me ver de Rocky com uma jiboia de couro. Especialmente meu pai.

Tive uma ereção, apesar de tudo, mas só mais tarde, no estacionamento do Big Boy.

Foi quando Mary Elizabeth me convidou para a festa Sadie Hawkins e disse depois: "Você ficou muito bem naqueles trajes."

Eu gosto de garotas. Gosto mesmo. Porque elas acham que você fica bem de calção de banho mesmo quando você não está. A ereção fez com que eu me sentisse culpado por antecipação, mas acho que não podia ter evitado.

Contei à minha irmã sobre o encontro na festa, mas ela estava muito distraída. Depois tentei pedir seu conselho sobre como tratar uma garota em um encontro, porque nunca tive um encontro antes, mas ela não respondeu. Ela não estava sendo cruel. Só estava "olhando para o vazio". Perguntei a ela se estava tudo bem, e ela disse que precisava ficar sozinha, então subi e terminei de ler *Naked Lunch*.

Depois que terminei, fiquei deitado na cama olhando para o teto e sorri, porque o silêncio era muito legal.

Com amor,
Charlie

9 de fevereiro de 1992

Querido amigo,

Tenho de dizer uma coisa sobre minha última carta. Eu sei que Sam nunca me convidaria para dançar. Sei que ela traria Craig, e se não fosse Craig, então o Patrick, porque a namorada de Brad, Nancy, foi com Brad. Acho que Mary Elizabeth é muito esperta e uma pessoa legal, e estou feliz que ela seja meu primeiro encontro. Mas depois que disse sim, e Mary Elizabeth anunciou isso ao grupo, eu queria que Sam ficasse com ciúmes. Sei que é errado desejar uma coisa assim, mas eu realmente queria.

Mas Sam não ficou com ciúmes. Para dizer a verdade, acho que ela não poderia ter ficado mais feliz, o que foi duro.

As vantagens de ser invisível

    Ela chegou a me dizer como tratar uma garota em um encontro, o que foi muito interessante. Ela disse que, com uma garota como Mary Elizabeth, você não deve dizer que ela está bonita. Deve dizer a ela como sua roupa é legal, porque a roupa é uma escolha dela, enquanto o rosto não é. Ela também disse que, com algumas garotas, você deve fazer coisas, como abrir a porta do carro e comprar flores, mas com Mary Elizabeth (especialmente em sua festa Sadie Hawkins) eu não devia fazer isso. Então perguntei-lhe o que devia fazer, e ela disse que eu devia fazer um monte de perguntas e não me importar se Mary Elizabeth não parasse de falar. Eu disse que isso não parecia muito democrático, mas Sam falou que ela faz isso o tempo todo com os garotos.

    Sam disse que as coisas sexuais eram complicadas com a Mary Elizabeth, porque ela teve namorados antes e é muito mais experiente do que eu. Ela disse que a melhor coisa a fazer quando eu não souber como agir durante qualquer coisa sexual é prestar atenção em como a pessoa está te beijando e beijá-la da mesma maneira. Ela disse que isso é muito sensato, e eu certamente quero ser.

    – Você pode mostrar para mim? – perguntei.

    E ela disse:

    – Não banque o espertinho.

    Conversamos como às vezes fazemos. Isso sempre me faz rir. Depois que Sam me mostrou um isqueiro Zippo, eu perguntei mais sobre Mary Elizabeth.

    – E se eu não quiser fazer nada de sexual com ela?

– Diga apenas que não está pronto.
– E isso funciona?
– Às vezes.

Eu queria perguntar a Sam sobre o outro lado de "às vezes", mas não queria ser muito inconveniente e não desejaria saber com tanta profundidade assim. Gostaria de deixar de ser apaixonado pela Sam. Eu gostaria muito.

Com amor,
Charlie

15 de fevereiro de 1992

Querido amigo,

Não me sinto muito bem, porque tudo está muito confuso. Fui à festa e disse a Mary Elizabeth como a roupa dela era legal. Fiz perguntas a ela e deixei que ela falasse o tempo todo. Aprendi muito sobre "objetificação", índios americanos e burguesia.

Mas, acima de tudo, aprendi sobre Mary Elizabeth.

Mary Elizabeth quer ir para Berkeley e ter dois diplomas. Um em ciência política. O outro em sociologia com uma pequena especialização em estudos femininos. Mary Elizabeth odeia a escola secundária e quer explorar relacionamentos lésbicos. Perguntei se ela achava as garotas bonitas, e ela olhou para mim como se eu fosse idiota e disse: "A questão não é essa."

O filme favorito de Mary Elizabeth é *Reds*. O livro favorito é uma autobiografia de uma mulher que foi personagem de *Reds*. Não consigo me lembrar do nome dela. A cor favorita de Mary Elizabeth é o verde. A estação favorita é a primavera. O sorvete favorito (ela disse que se recusa a comer *frozen yogurt* de baixa caloria por uma questão de princípios) é de cereja. A comida favorita é pizza (metade champignon, metade pimenta-verde). Mary Elizabeth é vegetariana e odeia os pais. Ela fala espanhol fluentemente.

A única coisa que ela me perguntou durante todo o tempo foi se eu queria ou não dar um beijo de boa-noite nela. Quando eu disse que não estava pronto, ela disse que entendia e me falou dos bons tempos que teve. Ela disse que eu era o cara mais sensível com quem ela já saíra, o que não entendi, porque só o que eu fiz foi não interrompê-la.

Depois ela me perguntou se eu queria sair com ela novamente algum dia, o que Sam e eu não cogitamos, então eu não sabia o que responder. Eu disse que sim, porque não queria fazer nada errado, mas não acho que consiga bolar perguntas boas por mais uma noite. Não sei o que fazer. Quantos encontros você pode ter e não estar pronto ainda para beijar? Não acho que um dia estarei pronto para Mary Elizabeth. Tenho de conversar com a Sam sobre isso.

Aliás, Sam levou Patrick para a festa depois que Craig disse que estava muito ocupado. Acho que eles brigaram um bocado por causa disso. No fim, Craig disse que não ia a uma festa idiota de ensino médio desde que tinha se formado. A certa altura na festa, Patrick foi para o estacionamento para ficar chapado com o orientador educacional, e Mary Elizabeth pedia que o DJ tocasse algumas bandas de garotas, o que me deixou a sós com Sam.

– Está se divertindo?

Sam não respondeu de imediato. Parecia meio triste.

– Não muito. E você?

– Não sei. É meu primeiro encontro, então não sei com o que comparar.

– Não se preocupe. Você vai se sair bem.

– Mesmo?

– Você quer ponche?

– Claro.

Com isso, Sam saiu. Ela parecia mesmo triste e eu queria poder fazer com que ela se sentisse melhor, mas às vezes acho que não se deve. Assim, fiquei sozinho perto da parede e observei a dança por algum tempo. Eu a descreveria para você, mas acho que é o tipo de coisa que você tem de presenciar, ou pelo menos conhecer as pessoas. Mas então eu penso que talvez você conheça as mesmas pessoas, de quando foi às festas da sua escola, se entende o que quero dizer.

A única coisa diferente nesta festa em particular foi minha irmã. Ela estava com o namorado. E, durante uma música lenta, parece que eles tiveram uma briga feia, porque ele parou de olhar para ela e ela correu para a área dos banheiros. Tentei acompanhá-la, mas ela estava muito à minha frente. Não voltou mais para o salão, e o namorado acabou indo embora.

Depois que Mary Elizabeth me deixou em casa, entrei e encontrei minha irmã chorando no porão. Era um choro meio diferente. Do tipo que me assustava. Falei bem mansinho e lentamente:

– Você está bem?
– Me deixa em paz, Charlie.
– É sério. Qual é o problema?
– Você não entenderia.
– Eu posso tentar.
– Que piada. É mesmo uma piada.
– Quer que eu acorde mamãe e papai?
– Não.
– Bom, talvez eu possa...
– CHARLIE! CALE A BOCA! TÁ BOM? CALE A BOCA!

Foi quando ela começou a chorar de verdade. Eu não queria que ela se sentisse pior, então me virei para deixá-la sozinha. Foi quando minha irmã começou a me abraçar. Ela não disse nada. Só ficou abraçada comigo e eu não pude sair. Então eu a abracei também. Foi estranho porque eu nunca havia abraçado minha irmã. Não quando ela não era obrigada a fazer isso. Depois de algum tempo, ela se acalmou um pouco e me largou. Respirou profundamente e ajeitou o cabelo que estava caído no rosto.

Foi aí que ela me disse que estava grávida.

Eu lhe contaria sobre o resto da noite, mas sinceramente não me lembro muito bem. Foi tudo muito atordoante. Sei que o namorado dela disse que o bebê não era dele, mas minha irmã sabia que era. E sei que ele rompeu com ela bem naquela festa. Minha irmã não contou a ninguém sobre isso porque ela não quer que o assunto se espalhe. As únicas pessoas que sabem somos eu, ela e ele. Não tenho permissão para contar a ninguém que eu conheça. Ninguém. Nunca.

Disse à minha irmã que ia chegar a hora em que ela não ia mais conseguir esconder, mas ela disse que não permitiria que fosse tão longe. Como já tinha dezoito anos, não precisava da permissão da mamãe e do papai. Tudo de que ela precisava era de alguém que fosse com ela à clínica no sábado. E essa pessoa era eu.

"Ainda bem que já tenho minha carteira de motorista."

Eu disse isso para fazer ela rir. Mas ela não riu.

Com amor,
Charlie

23 de fevereiro de 1992

Querido amigo,
Eu estava sentado na sala de espera da clínica. Fiquei ali por uma hora ou mais. Não me lembro exatamente quanto tempo. Bill tinha me dado outro livro para ler, mas eu não conseguia me concentrar nele. Acho que você pode entender por quê.

Então tentei ler algumas revistas, mas de novo não consegui. Não foi tanto porque eles mencionavam o que as pessoas comiam. Foram todas as capas das revistas. Cada uma delas tinha uma face sorridente, e toda vez que tinha uma mulher na capa, ela estava mostrando o colo dos seios. Eu me perguntei se aquelas mulheres faziam isso para parecerem bonitas ou se era parte do trabalho delas. Eu me perguntei se elas tinham opção ou não, se queriam ser bem-sucedidas. Não consegui me livrar dessa ideia.

Quase pude ver a sessão de fotos e a atriz ou modelo indo comer um "lanche leve" com o namorado depois. Pude vê-lo perguntando a ela sobre o dia, e que ela não havia pensado muito nisso, ou talvez, se fosse a primeira capa de revista, como estaria empolgada porque estava começando a ficar famosa. Pude ver a revista nas bancas e um monte de olhos anônimos olhando para ela, e como as pessoas pensariam que era importante. E depois como uma garota como Mary Elizabeth ficaria com raiva com a atriz ou modelo mostrando a parte de cima dos seios junto com outras atrizes e modelos fazendo a mesma coisa, enquanto algum fotógrafo como Craig veria apenas a qualidade das fotografias. Então pensei que haveria alguns homens que comprariam a revista e se masturbariam com ela. E me perguntei o que a atriz ou o namorado dela pensava disso, se pensava alguma coisa. E depois eu pensei que já era hora de eu parar de pensar porque não estava fazendo nenhum bem à minha irmã.

Foi aí que eu comecei a pensar na minha irmã.

Pensei na vez em que ela e as amigas pintaram as minhas unhas, e em como estava tudo bem, porque meu irmão não estava lá. E na vez em que ela me deixou usar as bonecas para brincar de teatro e assistir ao que eu queria na tevê. E quando ela começou a se transformar em uma "jovem mulher" e ninguém podia olhar para ela porque se achava gorda. E que na verdade ela não estava gorda. E como ela era mesmo muito bonita. E como seu rosto parecia diferente quando ela percebia que os rapazes a achavam bonita. E como seu rosto ficou diferente quando ela gostou pela primeira vez de um cara que não estava em um pôster na parede do quarto. E como ficou seu rosto quando ela percebeu que estava apaixonada por aquele cara. E então me perguntei como seu rosto estaria quando ela saísse de trás daquelas portas.

Minha irmã foi a única que me contou de onde vinham os bebês. Minha irmã também foi a única pessoa que riu quando eu imediatamente perguntei a ela para onde os bebês iam.

Quando pensei nisso, comecei a chorar. Mas não deixei que ninguém visse, porque, se deixasse, eles podiam me impedir de levá-la para casa, e podiam ligar para meus pais. E eu não podia deixar que isso acontecesse porque minha irmã estava contando comigo, e foi a primeira vez que alguém precisou de mim para alguma coisa. Quando percebi que foi a primeira vez que chorava desde que tinha prometido à tia Helen não chorar, a não ser que fosse por uma coisa importante, tive de sair um pouco, porque não consegui mais esconder o choro.

Devo ter ficado no carro por um bom tempo, porque minha irmã acabou me encontrando ali. Eu fumava um cigarro e ainda chorava. Minha irmã bateu na janela. Eu abri. Ela olhou para mim com uma expressão curiosa. Depois sua curiosidade se transformou em raiva.

– Charlie, você está fumando?!

Ela ficou tão irritada. Não posso lhe contar como ela estava furiosa.

– Não é possível que você esteja fumando!

Foi aí que eu parei de chorar. E comecei a rir. Porque, de todas as coisas que ela poderia dizer logo após ter saído de lá, ela escolheu meu cigarro. E ela ficou enfurecida com isso. E eu sabia que, se minha irmã ficasse enfurecida, seu rosto não ficaria diferente. E ela estaria bem.

– Vou contar a mamãe e papai, ouviu?

– Não vai não. – Meu Deus, eu não conseguia parar de rir.

Quando minha irmã refletiu por um segundo, acho que ela entendeu por que não contaria a meus pais. Foi quando ela de repente se lembrou de onde nós estávamos, do que tinha acontecido e de como aquela conversa era maluca, considerando tudo isso. Depois ela começou a rir.

Mas o riso a fez se sentir mal, então eu tive de sair do carro e ajudá-la a sentar no banco. Eu já havia arrumado o travesseiro e o cobertor para ela porque imaginei que provavelmente seria melhor dormir um pouco no carro antes de ir para casa.

Pouco antes de pegar no sono, ela disse:

– Bom, se você vai fumar, pelo menos abra a janela.

O que me fez começar a rir de novo.

– Charlie fumando. Não é possível.

O que me fez rir ainda mais, e eu disse:

– Eu te adoro.

– Eu te adoro também. Mas pare com essa risadaria agora.

Por fim, meu riso se transformou em um risinho ocasional e depois parou. Olhei para trás e vi que minha irmã estava dormindo. Então, girei a chave na ignição e liguei o aquecedor para que ela não sentisse frio. Depois comecei a ler o livro que o Bill me deu. Era *Walden*, de Henry David Thoreau, o livro favorito da namorada do meu irmão, então fiquei muito animado para ler.

Quando o sol se pôs, coloquei meu folheto sobre cigarros na página em que havia parado e fui para casa. Parei a algumas quadras de nossa casa para acordar minha irmã e colocar o travesseiro e o cobertor no porta-malas. Chegamos em casa. Descemos do carro. Entramos. E ouvimos as vozes de minha mãe e de meu pai do alto das escadas:

– Onde foi que vocês passaram o dia todo?

– É isso mesmo. O jantar está quase pronto.

Minha irmã olhou para mim. Eu olhei para ela. Ela encolheu os ombros. Então comecei a falar disparado que vimos um filme e que minha irmã me ensinou a dirigir na via expressa e que fomos ao McDonald's.

– McDonald's? Quando!?

– Sua mãe fez costeletas, sabia? – Meu pai estava lendo o jornal.

Enquanto eu falava, minha irmã se dirigiu a meu pai e lhe deu um beijo na bochecha. Ele não tirou os olhos do jornal.

– Eu sei, mas fomos ao McDonald's antes do cinema, então já tem algum tempo.

Depois meu pai disse sem muito interesse:

– Que filme vocês viram?

Eu gelei, mas minha irmã saiu com o nome de um filme antes de beijar minha mãe no rosto. Nunca tinha ouvido falar daquele filme.

– Foi bom?

Eu gelei de novo.

Minha irmã estava tão calma.

– Foi legal. O cheiro das costeletas está ótimo.

– É – eu disse. Depois pensei em alguma coisa para mudar de assunto. – Ei, pai, hoje tem hóquei?

– Tem, mas você não vai poder ver comigo se ficar fazendo perguntas idiotas.

– Tudo bem, mas podia perguntar uma coisa antes que comece?

– Não sei. Será que pode?
– Posso?
– Vá em frente – resmungou ele.
– Como é que os jogadores chamam o disco de hóquei mesmo?
– Bolacha. Eles chamam de bolacha.
– Isso. Obrigado.

Daquele momento até a hora do jantar, meus pais não fizeram mais nenhuma pergunta a respeito do dia, embora minha mãe tenha dito que ficou muito feliz de ver minha irmã e eu passando mais tempo juntos.

Naquela noite, depois que meus pais foram dormir, desci até o carro e peguei o travesseiro e o cobertor no porta-malas. Levei para o quarto da minha irmã. Ela estava muito cansada. E falava com muita suavidade. Então me agradeceu por todo o dia. Disse que eu não a desapontei. E disse que queria que fosse nosso segredinho, e que tinha decidido dizer ao ex-namorado que a gravidez foi um alarme falso. Acho que ela nunca chegou a contar a verdade a ele.

Logo depois que apaguei a luz e abri a porta, ouvi sua voz, baixinha:
– Quero que você pare de fumar, viu?
– Tá bom.
– Porque eu amo você de verdade, Charlie.
– Eu também amo você.
– É sério.
– Eu também.
– Está bem, então. Boa noite.

– Boa noite.

E aí eu fechei a porta e deixei minha irmã dormir.

Não estava com vontade de ler naquela noite, então desci as escadas e assisti a um comercial de meia hora que anunciava um aparelho de ginástica. O número de discagem gratuita piscava na tela, então eu telefonei. A mulher que atendeu do outro lado da linha se chamava Michelle. E eu disse a Michelle que era um garoto e não precisava de aparelho de ginástica, mas que esperava que ela tivesse uma boa noite.

E então Michelle desligou na minha cara. E eu não me importei nem um pouco.

Com amor,
Charlie

7 de março de 1992

Querido amigo,

As garotas são estranhas e não digo isso para ofender. É que eu não consigo colocar de outra forma.

Eu saí novamente com Mary Elizabeth. De muitas maneiras, foi semelhante àquela festa, exceto que usávamos roupas mais confortáveis. Foi ela quem me chamou para sair novamente, e eu acho que está tudo bem, mas acho que tenho que começar a convidá-la para sair de vez em quando, porque não posso esperar ser convidado sempre. Além disso, se eu fizer o convite, terei certeza de estar saindo com a garota que eu escolhi, se ela disser sim. É tudo muito complicado.

A boa notícia é que eu é que vou dirigir desta vez. Perguntei a meu pai se ele podia me emprestar o carro. Foi durante o jantar.

— Para quê? — Meu pai era muito ciumento com o carro dele.

— Charlie arrumou uma namorada — disse minha irmã.

— Ela não é minha namorada — eu disse.

— Quem é a garota? — perguntou meu pai.

— Que foi? — perguntou minha mãe da cozinha.

— Charlie quer meu carro emprestado — respondeu papai.

— Para quê? — perguntou minha mãe.

— É o que eu estou tentando descobrir! — disse meu pai em um tom de voz meio alto.

— Não precisa desse mau humor todo — disse minha mãe.

— Desculpe — disse meu pai sem muita convicção. Depois ele se voltou para mim. — Então me fale desta garota.

E assim eu contei a ele sobre Mary Elizabeth, deixando de fora a parte sobre a tatuagem e o piercing no umbigo. Ele deu um meio sorriso por um tempinho, tentando ver se eu era culpado de alguma coisa. Depois disse sim. Ele ia me emprestar o carro. Quando minha mãe chegou com o café, meu pai contou a ela a história toda enquanto eu comia a sobremesa.

Naquela noite, quando eu terminava meu livro, meu pai veio e se sentou na beira da minha cama. Acendeu um cigarro e começou a me falar de sexo. Ele teve esse tipo de conversa comigo há anos, mas na época o papo foi mais biológico. Agora ele estava dizendo coisas, como:

"Sei que sou seu pai, mas..."

"a gente tem que ter muito cuidado hoje em dia", "usar preservativo", e

"se ela disser não, você tem que concluir que ela quis dizer não mesmo..."

"porque se você obrigá-la a fazer alguma coisa que ela não queira, você terá um problemão, mocinho..."

"E mesmo que ela diga não, mas queira dizer sim, então certamente ela está fazendo jogo duro e não vale o que você paga pelo jantar."

"Se você precisar conversar com alguém, pode me procurar, mas se por algum motivo não quiser, fale com seu irmão", e finalmente:

"Fico feliz que tenhamos tido essa conversa."

Depois meu pai agitou meu cabelo, sorriu e saiu do quarto. Acho que devia dizer a você que meu pai não é como os pais da televisão. Coisas como sexo não o deixam encabulado. E ele é realmente muito inteligente com essas coisas.

Acho que ele ficou especialmente feliz, porque eu costumava beijar muito um garoto da vizinhança quando era bem pequeno, e embora o psiquiatra tenha dito que era muito natural que meninos e meninas explorassem coisas assim, acredito que meu pai ainda tinha medo. Acho que é natural, mas não sei bem por quê.

De qualquer forma, Mary Elizabeth e eu fomos ver um filme no centro da cidade. Era o que chamam de "filme de arte". Mary Elizabeth disse que havia ganhado um prêmio em algum grande festival de cinema da Europa, e isso a impressionava. Quando estávamos esperando pelo início do filme, ela disse que era vergonhoso que tanta gente saísse para ver um filme idiota de Hollywood e que houvesse tão pouca gente naquele cinema. Depois ela falou de como estava ansiosa para sair daqui e ir para a faculdade, onde as pessoas apreciam coisas como essa.

Então o filme começou. Era estrangeiro e tinha legendas, o que foi divertido, porque eu nunca havia lido um filme antes. O filme em si era muito interessante, mas não acho que fosse muito bom, porque eu não me senti diferente quando acabou.

Mas Mary Elizabeth se sentiu diferente. Ficou falando que era um filme "articulado". Tão "articulado". E acho que era. A questão é que eu não sei do que ela estava falando, mesmo que quisesse dizer que era muito bom.

Depois fomos de carro para a loja de discos alternativos e Mary Elizabeth me serviu de guia. Ela adora essa loja de discos. Disse que era o único lugar onde se sentia ela mesma. Disse que antes que as cafeterias ficassem na moda não havia lugar para gente como ela ir, exceto o Big Boy, e esse já estava ficando ultrapassado.

Ela me mostrou a seção de filmes e me falou de todos aqueles cineastas e pessoal cult da França. Depois ela me levou para a seção de importados e me falou da "verdadeira" música alternativa. Depois me levou para a seção folk e me falou de bandas de garotas, como a Slits.

Disse que achava muito ruim não ter me dado nada no Natal e queria compensar agora. Então comprou um disco da Billie Holiday para mim e perguntou se eu queria ir até a casa dela para ouvir.

E aí eu estava sentado sozinho no porão enquanto ela estava lá em cima, preparando alguma coisa para bebermos. E dei uma olhada na sala, que era muito despojada e cheirava como se não morasse ninguém ali. Tinha uma lareira com troféus de golfe sobre o consolo. E havia uma televisão e um aparelho de som legal. E depois Mary Elizabeth chegou com dois copos e uma garrafa de conhaque. Disse que odiava tudo que os pais gostavam, exceto o conhaque.

Ela me pediu para servir a bebida enquanto acendia a lareira. Mary Elizabeth estava muito excitada também, o que era estranho, porque ela nunca era assim. Continuou falando do quanto gostava de lareiras e como queria se casar e morar em Vermont um dia, o que era estranho também, porque Mary Elizabeth nunca dizia essas coisas. Quando ela terminou com a lareira, colocou o disco e meio que dançou para mim. Ela disse que se sentia muito quente, mas não no sentido da temperatura.

A música começou, ela bateu o copo no meu dizendo "saúde" e tomou um gole de conhaque. A propósito, o co-

nhaque era muito bom, mas foi melhor na festa de amigo-
-oculto. Terminamos o primeiro copo com muita rapidez.

    Meu coração estava batendo acelerado e eu estava ficando nervoso. Ela me passou outro copo de conhaque e, quando fez isso, tocou minha mão com muita suavidade. Depois passou a perna sobre a minha e eu vi as coisas oscilarem. Depois ela passou a mão pela minha nuca, em um movimento lento. E meu coração batia como um louco.

    – Você gosta do disco? – perguntou ela com delicadeza.

    – Muito. – Eu estava gostando mesmo. Era lindo.
    – Charlie?
    – Hum?
    – Você gosta de mim?
    – Hum-hum.
    – Sabe o que eu quero dizer?
    – Hum-hum.
    – Você está nervoso?
    – Hum-hum.
    – Não fique assim.
    – Está bem.

Foi quando eu senti a outra mão dela. Começou no meu joelho e subiu pela lateral da minha perna até meus quadris e minha barriga. Depois ela tirou a perna de sobre a minha e se sentou em meu colo, de frente para mim. Olhou direto nos meus olhos e sem piscar nem uma vez. Seu rosto parecia caloroso e diferente. E ela se curvou e começou a beijar meu pescoço e minhas orelhas. Depois minha bochecha. Depois meus lábios. E tudo pareceu se desmanchar. Ela pegou minha mão e a levou para o suéter dela, e eu não acreditei no que estava acontecendo comigo. Ou como eu senti os seios. Ou como eles se pareciam. Ou como o sutiã era difícil para abrir.

Depois de termos feito tudo o que se pode fazer de barriga para cima, deitamos no chão e Mary Elizabeth colocou a cabeça no meu peito. Nós respirávamos muito lentamente e ouvíamos a música e a lareira crepitando. Quando a última canção terminou, eu a senti respirando no meu peito.

– Charlie?
– Hum?
– Você me acha bonita?
– Acho você muito bonita.
– Mesmo?
– Mesmo.

Então, Mary Elizabeth me abraçou um pouco mais forte e, na meia hora seguinte, ela não disse nada. Tudo o que eu fiz foi ficar deitado ali e pensar como sua voz se modificou quando ela me perguntou se eu a achava bonita, e como ela mudou quando eu respondi, e como Sam disse que ela não gostava de coisas como essa, e como meu braço estava começando a doer.

Graças a Deus ouvimos o portão automático da garagem se abrir.

Com amor,
Charlie

28 de março de 1992

Querido amigo,
   Finalmente começa a ficar um pouco quente aqui e as pessoas estão mais legais nos corredores. Não necessariamente comigo, mas de uma forma geral. Escrevi um trabalho sobre *Walden* para o Bill, mas desta vez fiz diferente. Escrevi um relato do livro. Escrevi um relato fingindo que eu mesmo havia ficado na margem de um lago por dois anos. Fingi que vivia da terra e tinha *insights*. Para falar a verdade, acho que gostaria de fazer isso agora mesmo.
   Desde aquela noite com Mary Elizabeth, tudo ficou diferente. Comecei naquela segunda-feira na escola, onde Sam e Patrick olharam para mim com um largo sorriso. Mary Elizabeth tinha contado a eles que passamos a noite juntos, e eu não queria que ela tivesse feito isso, mas Sam e Patrick acharam ótimo e ficaram mesmo felizes por nós. Sam dizia:
   "Como é que não pensei nisso antes? Vocês dois são perfeitos juntos."
   Acho que Mary Elizabeth também pensa assim, porque ela estava agindo completamente diferente. Era legal todo o tempo, mas isso não parecia certo. Não sei como descrever. É como se nós fôssemos fumar um cigarro com Sam e Patrick do lado de fora no fim do dia e todos falássemos de alguma coisa até a hora de irmos para casa. Então, quando eu chegava em casa, Mary Elizabeth me

puxaria de lado e diria: "E aí?" E eu não saberia o que dizer, porque a única coisa nova na minha vida é que vou para casa a pé, o que não é muito. Mas eu descrevo a caminhada de qualquer forma. E depois ela começa a falar e não para por um bom tempo. Toda semana ela faz isso. Isso e ficar tirando fiapos da minha roupa.

Teve uma vez, há dois dias, em que ela estava falando de livros e incluiu vários que eu li. E quando eu disse a ela que já os tinha lido, ela me fez umas perguntas muito longas, que na verdade eram apenas as ideias dela com um ponto de interrogação no final. A única coisa que eu pude dizer foi "sim" ou "não". Sinceramente, não havia espaço para dizer mais nada. Depois disso, ela começou a falar dos planos para a faculdade, o que eu já tinha ouvido antes, e por isso coloquei o fone na mesa, fui ao banheiro e, quando voltei, ela ainda estava falando. Sei que é errado fazer isso, mas acho que, se eu não tivesse feito uma pausa, faria alguma coisa pior. Como gritar ou bater o fone no gancho.

Ela também ficou falando do disco da Billie Holiday que havia comprado para mim. E disse que queria me mostrar todas essas coisas importantes. E, para dizer a verdade, eu não quero que me mostrem todas as coisas importantes, se isso significa que tenho de ouvir Mary Elizabeth falar sem parar de todas as coisas importantes que ela me mostra o tempo todo. É quase como se só houvesse três coisas envolvidas: Mary Elizabeth, eu e as coisas importantes, e só a primeira importasse para Mary Elizabeth. Não entendo isso. Eu daria um disco a alguém para que pudesse gostar do disco, e não para que sempre soubesse que fui eu que dei.

E teve o jantar. Quando os feriados acabaram, minha mãe perguntou se eu gostaria que Sam e Patrick viessem jantar aqui, como havia prometido depois que eu disse que ela tinha ótimo gosto para roupas. Fiquei tão empolgado! Disse a Patrick e Sam e fizemos planos para o domingo à noite, e duas horas depois Mary Elizabeth veio para mim no saguão e disse:

"A que horas no domingo?"

Não sei o que fazer. Era só para Sam e Patrick. A ideia era essa desde o início. E eu nunca convidei Mary Elizabeth. Acho que sei por que ela achou que seria convidada, mas não esperou para ver. Ou estava jogando verde. Sei lá.

Então, no jantar – o jantar em que pensei que minha mãe e meu pai veriam como Sam e Patrick eram ótimas pessoas e muito legais –, Mary Elizabeth falou o tempo todo. Não foi culpa dela. Meu pai e minha mãe lhe fizeram um monte de perguntas que não fizeram a Sam e Patrick. Acho que é porque estou saindo com Mary Elizabeth e isso desperta a curiosidade deles mais do que os meus amigos. Acho que faz sentido. Mas foi como se eles não tivessem conhecido Sam e Patrick. E o problema era esse. Quando o jantar terminou, e todos tinham partido, tudo o que mamãe e papai disseram foi que Mary Elizabeth era inteligente, e tudo o que meu pai disse é que minha "namorada" era bonita. Não disseram nada sobre Sam e Patrick. E tudo o que eu queria a noite toda era que eles conhecessem meus amigos. Era muito importante para mim.

As coisas sexuais são estranhas também. Depois daquela noite, seguimos o padrão em que nós basicamente repetimos o que fizemos da primeira vez, mas não há lareira nem disco de Billie Holiday porque estamos no carro e tudo é apressado. Talvez as coisas tenham de ser assim, mas não acho que seja certo.

Minha irmã andou lendo todos aqueles livros sobre mulheres desde que contou ao ex-namorado que a gravidez era alarme falso, e ele queria que eles reatassem, e ela disse não.

Então perguntei sobre Mary Elizabeth (deixando a parte sexual de fora) porque eu sabia que ela seria neutra a esse respeito, especialmente depois que ela ficou "isolada" no jantar. Minha irmã disse que Mary Elizabeth está sofrendo de baixa autoestima, mas eu disse que ela falou a mesma coisa sobre Sam em novembro passado, quando ela começou a namorar o Craig, e Sam é completamente diferente. Então tudo é um problema de baixa autoestima?

Minha irmã tentou esclarecer as coisas. Disse que por me mostrar a todas essas coisas, Mary Elizabeth conquistava uma "posição superior" de que não precisaria se tivesse confiança em si mesma. Ela também disse que as pessoas que tentam controlar as situações todo o tempo temem que, se não o fizerem, nada vai funcionar da forma que querem.

Não sei se isso está certo ou não, mas isso me deixou triste. Não por Mary Elizabeth. Ou por mim. Mas de modo geral. Porque eu comecei a pensar que não sabia quem na realidade era Mary Elizabeth. Não estou dizendo que ela estava mentindo para mim, mas que ela agia de forma tão diferente antes de eu a conhecer e que talvez ela não gostasse muito do que era no início. Queria que ela tivesse dito isso. Mas talvez ela seja como era no início, e eu é que não percebi. Não quero ser outra coisa sob o controle de Mary Elizabeth.

Perguntei à minha irmã o que ela faria e ela disse que a melhor coisa a fazer é ser sincero com relação a meus sentimentos. Meu psiquiatra disse a mesma coisa. E então eu me senti realmente triste, porque acho que talvez eu fosse diferente de como Mary Elizabeth me via também. E talvez eu estivesse mentindo por não contar a ela que era difícil ouvi-la todo o tempo sem poder dizer nada. Mas eu só estava tentando ser legal, como a Sam disse que eu deveria. Não sei onde estou errando.

Tentei ligar para meu irmão para conversar sobre isso, mas o colega de quarto dele disse que ele estava ocupado demais com a faculdade, então decidi não deixar recado, porque não queria atrapalhá-lo. A única coisa que fiz foi mandar meu trabalho sobre *Walden* para ele pelo correio, assim ele poderia compartilhar com a namorada. E depois, talvez, se ele tivesse tempo, eles podiam ler, e nós podíamos conversar sobre isso, e eu teria a oportunidade de perguntar a eles o que devo fazer com Mary Elizabeth, uma vez que eles se davam bem e sabiam como fazer as coisas darem certo. Mesmo que não conversássemos sobre isso, eu ainda adoraria conhecer a namorada do meu irmão. Mesmo que fosse por telefone. Eu a vi na fita de vídeo de um dos jogos de futebol do meu irmão, mas isso não é a mesma coisa. Muito embora ela fosse muito bonita. Mas não de uma forma não convencional. Não sei por que estou dizendo essas coisas. Eu só queria que Mary Elizabeth me fizesse outras perguntas em vez de "E aí?".

Com amor,
Charlie

18 de abril de 1992

Querido amigo,
    Fiz uma trapalhada terrível. De verdade. Eu me sinto muito mal com isso. Patrick disse que a melhor coisa a fazer é me afastar por algum tempo.
    Tudo começou na segunda-feira passada. Mary Elizabeth chegou à escola com um livro de um famoso poeta chamado e. e. cummings. A história por trás do livro é que ela viu um filme que falava de um poema dele, que compara as mãos de uma mulher com flores e chuva. Ela achou tão bonito que saiu para comprar o livro. Ela o leu várias vezes desde então, e disse que queria me dar o exemplar. Não o exemplar que ela comprou, mas um novo.
    O dia inteiro ela me mostrou todo o livro.

Sei que devia ficar agradecido, porque ela fez uma coisa muito legal. Mas eu não estava grato. Nem um pouco. Não me interprete mal. Eu agi como se estivesse. Mas não estava. Para falar a verdade, eu estou começando a ficar irritado. Talvez, se ela tivesse me dado o exemplar do livro que tinha comprado para ela mesma, fosse diferente. Ou talvez se ela tivesse copiado à mão o poema da chuva, que ela adorou, em uma folha de papel. E definitivamente se ela não me fizesse mostrar o livro a todo mundo que conhecíamos.

Talvez eu devesse ser sincero com ela, mas não acho que é a hora certa.

Quando saí da escola naquele dia, não fui para casa porque não queria falar com ela ao telefone, e minha mãe não é uma mentirosa muito "hábil" nessas coisas. Em vez de ir para casa, fui a pé para a área onde estão as lojas de vídeo. Fui direto à livraria. E quando a moça por trás do balcão me perguntou se eu precisava de ajuda, abri minha bolsa e devolvi o livro que Mary Elizabeth tinha me dado. Não sei se vou fazer alguma coisa com o dinheiro. Só o coloquei no bolso.

Quando voltei para casa, tudo em que conseguia pensar era que eu tinha feito uma coisa horrível e comecei a chorar. Quando eu cheguei à porta da frente, estava chorando tanto que minha irmã parou de ver televisão para falar comigo. Quando eu contei a ela o que tinha feito, ela me levou de carro até a livraria porque eu estava muito atarantado para dirigir, e eu peguei o livro de volta, o que fez com que eu me sentisse muito melhor.

As vantagens de ser invisível

Quando Mary Elizabeth ligou naquela noite e me perguntou onde eu tinha ido o dia inteiro, eu disse a ela que tinha ido à loja com minha irmã. E quando ela perguntou se eu tinha comprado alguma coisa legal para ela, eu disse que sim. Não pensei que ela estivesse falando sério, mas concordei assim mesmo. Eu me sentia mal demais por ter devolvido o livro. Passei a hora seguinte ao telefone ouvindo Mary Elizabeth falar do livro. Depois nos despedimos. Depois desci até minha irmã para perguntar se ela podia me levar à loja novamente, para que eu pudesse comprar alguma coisa legal para Mary Elizabeth. Minha irmã me disse que eu fosse dirigindo sozinho. E que era melhor começar a ser sincero com Mary Elizabeth sobre meus sentimentos. Talvez eu devesse mesmo, mas não achava que era a hora certa.

No dia seguinte, na escola, dei o presente que havia comprado para Mary Elizabeth. Era um novo exemplar de *O sol nasce para todos*. A primeira coisa que Mary Elizabeth disse foi:

"Que original."

Eu disse a mim mesmo que não foi isso o que ela quis dizer. Ela não estava caçoando de mim. Ela não estava comparando. Ou criticando. E não estava mesmo. Acredite em mim. Então expliquei a ela como Bill me deu livros especiais para ler fora da aula e como *O sol nasce para todos* tinha sido o primeiro. E como era especial para mim. Depois ela disse:

"Obrigada. É muita gentileza sua."

Mas depois ela começou a explicar que já havia lido o livro três anos antes e achava que era "superestimado" e que tinha sido transformado em um filme em preto e branco com atores famosos, como Gregory Peck e Robert Duvall, e que ganhou um Oscar pelo roteiro. Tive de deixar meus sentimentos de lado depois disso.

Saí da escola, andei por aí e só fui para casa quando já era uma da manhã. Quando expliquei a meu pai o porquê, ele me disse para agir como um homem.

No dia seguinte, na escola, quando Mary Elizabeth me perguntou onde eu estive no dia anterior, eu disse a ela que tinha comprado um maço de cigarros, ido ao Big Boy e passado o dia inteiro lendo e. e. cummings e comendo sanduíches. Eu sabia que era seguro dizer isso porque ela nunca me faria nenhuma pergunta sobre o livro. E eu estava certo. Depois de ela ter falado tanto sobre o livro, não vi necessidade de ler eu mesmo. Mesmo que eu quisesse.

Definitivamente acho que devo ser sincero com ela, mas, para falar a verdade, estou ficando tão irritado quanto ficava quando praticava esportes, e isso está começando a me assustar.

Felizmente, o feriado da Páscoa começava na sexta-feira, e isso distraiu um pouco as coisas. Bill me deu *Hamlet* para ler no feriado. Ele disse que eu precisaria de tempo livre para me concentrar na peça. Acho que não preciso dizer quem a escreveu. O único conselho que Bill me deu foi para considerar o personagem principal como os outros personagens dos livros que eu tinha lido até então. Ele disse para eu não cair na armadilha de achar que a peça era "fantasiosa demais".

Então, na véspera da Sexta-feira Santa, tivemos uma apresentação especial de *The Rocky Horror Picture Show*. O que a tornou especial foi o fato de que todos sabiam que era o início do feriado da Páscoa e um monte de garotos ainda estava vestindo as roupas da missa. Isso me lembrou a Quarta-feira de Cinzas na escola, quando os garotos foram com impressões digitais na testa. Isso sempre cria um ar mais animado.

Depois do show, Craig convidou a todos para irem a seu apartamento beber vinho e ouvir o White Album dos Beatles. Depois que o disco terminou, Patrick sugeriu que brincássemos do jogo da verdade, ou desafio, um jogo que ele adora jogar quando está "ligado".

Adivinha quem escolheu desafio a noite toda? Eu. Não queria contar a verdade a Mary Elizabeth por causa de um jogo.

Funcionou muito bem na maior parte da noite. Os desafios eram coisas como "virar a cerveja toda". Mas então Patrick me deu um desafio. Não acho que ele soubesse o que estava fazendo, mas ele me deu esse:

"Beije na boca da garota mais bonita da sala."

Foi quando eu escolhi ser sincero. Pensando nisso agora, eu provavelmente não podia ter escolhido um momento pior.

O silêncio começou depois que eu me levantei (porque Mary Elizabeth estava sentada de frente para mim). Mas na hora em que eu me abaixei diante da Sam e a beijei, o silêncio foi horrível. Não foi um beijo romântico. Foi de amizade, como quando eu interpretei Rocky, e ela, Janet. Mas isso não importa.

Eu podia dizer que tinha sido o vinho ou a cerveja que bebi. Podia dizer também que eu tinha me esquecido da vez em que Mary Elizabeth me perguntou se eu a achava bonita. Mas não ia mentir. A verdade é que, quando Patrick me desafiou, eu sabia que se beijasse Mary Elizabeth estaria mentindo para todos. Inclusive para Sam. Inclusive para Patrick. Inclusive para Mary Elizabeth. E eu não podia mais fazer isso. Mesmo que fosse parte de um jogo.

Depois do silêncio, Patrick fez o que pôde para salvar a noite. A primeira coisa que ele disse foi:

"Bom, isso não é constrangedor?"

Mas não deu certo. Mary Elizabeth saiu apressada da sala e foi para o banheiro. Patrick me disse mais tarde que ela não queria que ninguém a visse chorando. Sam a seguiu, mas, antes que deixasse a sala, virou-se para mim e disse num tom sério e sombrio:

"Que merda de problema você tem?"

Eu estava olhando em seu rosto quando ela disse isso. E vi o quanto ela falava sério. Isso fez com que de repente a realidade viesse à tona. Eu me senti péssimo. Simplesmente péssimo. Patrick imediatamente se levantou e me tirou do apartamento de Craig. Caminhamos pela rua, e a única coisa de que eu estava consciente era do frio. Eu disse que podia voltar e me desculpar. Patrick disse:

"Não. Eu pego os casacos. Fique aqui."

Quando Patrick me deixou do lado de fora, eu comecei a chorar. Era um choro sentido e apavorado e eu não consegui parar. Quando Patrick voltou, eu disse, chorando muito:

— Eu realmente acho que devo me desculpar.

Patrick sacudiu a cabeça.

— Acredite em mim. Você não quer ir até lá.

Então ele sacudiu as chaves do carro diante do meu rosto e disse:

— Vamos. Eu levo você para casa.

No carro, contei a Patrick tudo o que estava acontecendo. Sobre o disco. E o livro. E *O sol nasce para todos*. E como Mary Elizabeth nunca fazia nenhuma pergunta. E tudo o que Patrick disse foi:

"Ainda bem que você não é gay."

Isso me fez parar de chorar por um tempo.

— Se você fosse gay, eu nunca namoraria você. Você é muito confuso.

Isso me fez rir.

— E eu acho que o Brad ia ficar maluco. Meu Deus.

Isso me fez rir ainda mais. Depois ele ligou o rádio e pegamos o túnel de volta para casa. Quando me deixou aqui, Patrick me disse que a melhor coisa a fazer era ficar afastado por um tempo. Acho que já disse isso a você. Ele disse que, quando soubesse de mais coisas, me telefonaria.

— Obrigado, Patrick.

— Não precisa agradecer.

E depois eu disse:

– Sabe de uma coisa, Patrick? Se eu fosse gay, ia querer namorar você.

Não sei por que eu disse isso, mas parecia correto.

Patrick riu e disse:

– É claro que sim.

Depois arrancou para a rua.

Quando me deitei na cama naquela noite, coloquei o disco de Billie Holiday e comecei a ler o livro de poemas de e. e. cummings. Depois que li o poema que compara as mãos da mulher com flores e chuva, deixei o livro de lado e fui para a janela. Fiquei vendo meu reflexo e as árvores por trás por um longo tempo. Não pensei em nada. Não senti nada. Não ouvi o disco. Isso durou horas.

Tem alguma coisa errada comigo. E eu não sei o que é.

Com amor,
Charlie

26 de abril de 1992

Querido amigo,

Ninguém me telefonou desde aquela noite. Eu não os culpo. Passei todo o feriado lendo *Hamlet*. Bill estava certo. Era muito mais fácil pensar no cara da peça como os outros personagens que eu já havia lido. Também foi útil para mim quando pensei no que havia de errado comigo.

Não me deu nenhuma resposta, mas me ajudou a compreender que outra pessoa havia passado por isso. Especialmente alguém que viveu há tanto tempo.

Liguei para Mary Elizabeth e disse a ela que tinha ouvido o disco naquela noite e lido o poema de e. e. cummings.

"É tarde demais para isso, Charlie", foi o que ela disse.

Eu teria explicado que não queria voltar a namorá-la e que estava fazendo essas coisas como amigo, mas eu sabia que isso tornaria as coisas piores, então não fiz.

Eu apenas disse:

"Desculpe. Eu sinto muito."

E eu realmente sentia. E sabia que ela acreditava em mim. Mas quando isso não fez nenhuma diferença, e não houve nada no telefone a não ser o silêncio, eu reconheci que era tarde demais.

Patrick me ligou, mas tudo o que ele disse foi que Craig ficou muito chateado com a Sam por minha causa e que eu devia continuar afastado até que a poeira baixasse. Perguntei a ele se gostaria de sair, só ele e eu. Ele disse que estaria ocupado com Brad e coisas da família, mas tentaria me telefonar se encontrasse algum tempo. No fim, não telefonou.

Eu contaria a você sobre o Domingo de Páscoa com a minha família, mas já contei tudo sobre o Dia de Ação de Graças e o Natal, e não há muita diferença entre eles.

Exceto pelo fato de meu pai ter tido um aumento e minha mãe não, porque ela não era paga para cuidar da casa, e minha irmã parou de ler aqueles livros de autoajuda porque conheceu outro cara.

Meu irmão voltou para casa, mas, quando perguntei se a namorada dele tinha lido meu trabalho sobre *Walden*, ele disse que não, porque ela terminou com ele quando descobriu que a estava enganando. Isso aconteceu há algum tempo. Então perguntei se ele mesmo tinha lido, e ele disse que não, porque andou muito ocupado. Ele disse que tentaria ler durante o feriado. Até agora ele não leu.

Então fui visitar tia Helen e, pela primeira vez na minha vida, isso não me ajudou. Tentei seguir meus planos e lembrar todos os detalhes sobre a última vez em que tive uma semana ótima, mas isso também não ajudou.

Eu sei que provoquei tudo isso. Sei que mereço. Eu tento de tudo para não ser assim. Faço tudo para agradar a todos. E não tenho de ver meu psiquiatra, que me explique sobre ser "agressivo-passivo". E não tenho de tomar o remédio que ele me passa, que é caro demais para meu pai. E não tenho de falar de minhas lembranças com ele. Ou ser nostálgico com coisas ruins.

Só queria que Deus, ou meus pais, ou minha irmã, ou alguém, me dissesse o que há de errado comigo. Que me dissesse como ser diferente de uma forma que faça sentido. Que fizesse tudo isso passar. E desaparecer. Sei que é errado, porque a responsabilidade é minha, e sei que as coisas pioram antes de melhorar porque é o que diz meu psiquiatra, mas essa fase pior está grande demais para mim.

Depois de uma semana sem conversar com ninguém, eu finalmente telefonei para Bob. Eu sei que é errado, mas

As vantagens de ser invisível

não sei mais o que fazer. Perguntei a ele se tinha alguma coisa que eu pudesse comprar. Ele disse que tinha alguns gramas de maconha. Então peguei parte do meu dinheiro da Páscoa e fui comprar.

Desde então, estou fumando o tempo todo.

Com amor,
Charlie

PARTE 4

29 de abril de 1992

Querido amigo,
   Eu queria dizer que as coisas estão melhores, mas infelizmente isso não é verdade. É duro também, porque as aulas recomeçaram e não posso ir aos lugares que costumava ir. E não pode ser como era antes. E eu ainda não estava pronto para dizer adeus.
   Para falar a verdade, eu tenho evitado tudo.
   Ando pelos corredores da escola e olho as pessoas. Olho os professores e me pergunto por que eles estão aqui. Se eles gostam do emprego. Ou de nós. E me pergunto se eles eram tão inteligentes quando tinham quinze anos. Não por maldade minha. É só curiosidade. É como olhar todos os estudantes e me perguntar quem estava magoado naquele dia, e, além disso, como eles eram capazes de lidar com três provas e um trabalho de literatura. Ou imaginar quem foi que os magoou. E imaginar por quê. Especialmente depois que eu soube que, se eles forem para outra escola, a pessoa que se magoou teria de ser magoada por mais alguém, e, assim, por que tem de ser tudo tão pessoal? E se eu fosse para outra escola, jamais teria co-

nhecido Sam ou Patrick, ou Mary Elizabeth, nem ninguém, exceto minha família.

Posso te contar uma coisa que aconteceu. Eu estava no shopping porque é para onde vou mais tarde. Nas últimas duas semanas, tenho ido para lá todo dia, tentando imaginar por que as pessoas vão lá. É uma espécie de projeto pessoal.

Tinha aquele garotinho. Ele devia ter uns quatro anos. Não tenho certeza. Estava chorando muito e gritava pela mãe. Devia estar perdido. Então eu vi o mais velho, que devia ter uns dezessete. Acho que ele ia a uma escola diferente porque eu nunca o tinha visto antes. De qualquer modo, o mais velho, que tinha um ar durão, com jaqueta de couro, cabelos compridos e tudo isso, se aproximou do garotinho e perguntou o nome dele. O garotinho respondeu e parou de chorar.

Então o mais velho saiu com o garotinho.

Um minuto depois, ouvi os alto-falantes dizendo para a mãe que seu filho estava no balcão de informações. Então fui para o balcão de informações para ver o que ia acontecer.

Acho que a mãe estava procurando pelo filho há um bom tempo, porque ela chegou correndo ao balcão de informações e, quando viu o garotinho, começou a chorar. Depois agradeceu ao mais velho pela ajuda e tudo o que ele disse foi: "Da próxima vez tome conta dele um pouquinho melhor."

Depois ele saiu.

As vantagens de ser invisível

O homem de bigode por trás do balcão de informações ficou sem fala. E a mãe também. O garotinho esfregou o nariz, olhando para a mãe, e disse:

"Batata frita."

A mãe olhou para baixo, para o garotinho, concordou e eles saíram. Então eu os segui. Eles foram para a praça de alimentação e compraram batatas fritas. O garotinho estava sorrindo e se sujando todo de ketchup. E a mãe ficava esfregando o rosto dele entre tragadas no cigarro que fumava.

Fiquei observando a mãe, tentando imaginar como devia ser quando era jovem. Se ela era casada. Se o garotinho tinha sido um acidente ou fora planejado. E se isso fazia alguma diferença.

Vi outras pessoas lá. Velhos sentados sozinhos. Garotas com sombra azul nos olhos e queixos desajeitados. Garotinhos que pareciam cansados. Pais em casacos bonitos que pareciam ainda mais cansados. Garotos trabalhando por trás dos balcões da praça de alimentação que pareciam não ter vontade de viver. As máquinas se abrindo e fechando. As pessoas dando o dinheiro e pegando o troco. E tudo isso parecia muito perturbador para mim.

Então decidi encontrar outro lugar para ir e imaginar por que as pessoas iam lá. Infelizmente não há muitos lugares assim. Não sei quanto tempo eu posso continuar sem um amigo. Eu costumava ser capaz de fazer isso com muita facilidade, mas foi antes de eu saber como era ter um amigo. É muito mais fácil não saber das coisas de vez em quando. E apenas comer batatas fritas com sua mãe.

A única pessoa com quem eu conversei nas últimas duas semanas foi Susan, a garota que costumava "sair" com Michael no ensino fundamental, quando ela usava aparelho nos dentes. Eu a vi parada no saguão, cercada por um grupo de garotos que eu não conhecia. Todos estavam rindo e fazendo piadas sexuais, e Susan estava se esforçando para rir junto com eles. Quando ela me viu me aproximando do grupo, seu rosto ficou "cinzento". É como se ela não quisesse se lembrar de como era doze meses atrás, e certamente não queria que os garotos soubessem que ela me conhecia e era minha amiga. Todo o grupo ficou em silêncio me encarando, mas eu não os percebi. Só olhei para Susan, e tudo o que eu disse foi:

"Nunca sentiu a falta dele?"

Não disse isso por maldade, nem a estava acusando de nada. Só queria saber se alguém mais se lembrava de Michael. Para falar a verdade, eu estava meio chapado e não conseguia tirar a pergunta da minha cabeça.

Susan ficou perplexa. Ela não sabia o que fazer. Foram as primeiras palavras ditas desde o final do ano passado. Acho que não foi justo para mim perguntar a ela em um grupo como aquele, mas eu nunca mais a vi sozinha depois e eu precisava mesmo saber.

A princípio, pensei que sua expressão pálida fosse o resultado da surpresa, mas depois, como fiquei algum tempo parado ali, eu sabia que não era. De repente me ocorreu que, se Michael estivesse por aqui, Susan provavelmente não estaria "saindo" mais com ele. Não porque ela fosse má pessoa, ou frívola, ou cruel. Mas porque as coisas mudam. E os amigos partem. E a vida não para para ninguém.

"Desculpe se estou aborrecendo você, Susan. Só estou passando por uma fase difícil. É isso. Tudo de bom para você", eu disse e me afastei.

"Meu Deus, esse garoto é um puta anormal", ouvi um dos garotos sussurrando quando eu estava a meio caminho do saguão. Ele disse isso mais como uma constatação, e Susan não o corrigiu. Não sei se eu mesmo o teria corrigido.

Com amor,
Charlie

2 de maio de 1992

Querido amigo,

Alguns dias atrás, fui ver Bob para comprar mais maconha. Devo dizer que eu me esqueci de que Bob não vai à escola conosco. Provavelmente porque ele assiste mais à televisão do que qualquer um que eu conheço, e ele é muito bom com trivialidades. Você devia vê-lo falando de Mary Tyler Moore. É meio assustador.

Bob tinha uma forma muito específica de viver. Ele disse que toma banho dia sim, dia não. Pesa seus "papelotes" diariamente. Ele disse que quando você está fumando um cigarro com alguém, e tem um isqueiro, deve acender o cigarro do outro primeiro. Mas se você tem fósforos deve acender o seu primeiro, para respirar o "enxofre prejudicial" antes do outro. Ele disse que é uma coisa educada a fazer. Ele também disse que é falta de sorte ter "três em um grupo". Ele aprendeu isso com um tio que lutou no Vietnã. Alguma coisa a ver com três cigarros dar tempo suficiente para o inimigo saber que você está ali.

Bob diz que quando você está sozinho e acende um cigarro, e o cigarro se acende pela metade, significa que alguém está pensando em você. Ele também diz que, quando você encontra uma moeda, só é sorte se estiver com a cara para cima. Ele diz que a melhor coisa a fazer é encontrar uma moeda da sorte quando você está com alguém e dar a boa sorte ao outro. Ele acredita em carma. E também adora jogar cartas.

Bob frequenta o colégio comunitário local em meio período. Ele quer ser chefe de cozinha. É só um garoto e os pais dele nunca estão em casa. Ele diz que isso o aborrecia muito quando era mais novo, mas agora não o chateia mais.

O que acontece com o Bob é que, quando você o conhece, ele é realmente interessante, porque ele sabe das regras do cigarro, de moedas e de Mary Tyler Moore. Mas depois que você o conhece um pouco mais, ele começa a repetir essas coisas. Nas últimas semanas, ele não disse nada que eu já não tivesse ouvido antes. Por isso foi um choque para mim quando ele me disse o que estava acontecendo.

Basicamente, o pai de Brad pegou Brad e Patrick juntos.

Acho que o pai de Brad não sabe sobre o filho, porque, quando ele os pegou, o pai de Brad começou a bater nele. Não foi uma palmada. Foi com o cinto. Bateu de verdade. Patrick contou a Sam, que contou a Bob, que ele nunca tinha visto nada como aquilo. Acho que foi muito ruim. Ele queria dizer "Pare" e "Você está matando ele". Ele queria ter derrubado o pai de Brad. Mas ficou paralisado. E Brad ficava gritando "Vai embora!" para Patrick. E por fim Patrick saiu.

Isso foi na semana passada. E Brad ainda não está indo à escola. Todo mundo acha que ele pode ter sido mandado para uma escola militar ou algo assim. Ninguém tem certeza de nada. Patrick tentou ligar uma vez, mas quando o pai de Brad atendeu, ele desligou.

Bob disse que Patrick estava "malsão". Nem posso lhe contar como eu fiquei triste quando ele me disse isso, porque eu queria ligar para o Patrick, ser amigo dele e ajudá-lo. Mas não sei se devo telefonar para ele, por causa do que ele disse sobre esperar até que a poeira baixasse. O caso é que eu não consigo pensar em mais ninguém.

Então, na sexta-feira, fui ao *The Rocky Horror Picture Show*. Esperei até que o show já tivesse começado antes de entrar no cinema. Não queria estragar o show para ninguém. Eu só queria ver Patrick interpretar Frank'n Furter como ele sempre faz, porque eu sabia que, se o visse ali, eu saberia que ele estava bem. Da mesma forma que minha irmã ficando louca comigo por fumar cigarros.

Sentei na última fila e olhei para o palco. Ainda havia algumas cenas antes da entrada de Frank'n Furter. Foi quando eu vi Sam interpretando Janet. E senti muito a falta dela. E lamentei tanto estar sentindo a falta de todo mundo. Especialmente quando vi Mary Elizabeth interpretando Magenta. Foi muito difícil assistir a tudo isso. Mas Patrick finalmente apareceu como Frank'n Furter, e ele estava ótimo. Na verdade, estava melhor do que antes de várias maneiras. Foi tão legal ver todos os meus amigos. Saí antes que o show terminasse.

Fui para casa ouvindo algumas das canções que ouvia naquelas vezes em que éramos infinitos. E fingi que eles estavam no carro comigo. Cheguei a falar em voz alta. Disse a Patrick como eu o achava ótimo. Perguntei a Sam sobre Craig. Disse a Mary Elizabeth que eu lamentava muito e o quanto realmente gostei do livro de e. e. cummings e queria fazer perguntas sobre ele. Mas então parei, porque aquilo estava me deixando muito triste. Eu também pensei que, se alguém me visse falando alto sozinho no carro, seus olhares me convenceriam de que o que estava errado comigo poderia ser pior do que eu imaginava.

Quando cheguei em casa, minha irmã estava vendo um filme com o novo namorado. Não há muito a dizer a respeito dele, exceto que seu nome é Erik, ele tem cabelo curto e é calouro. Erik tinha pegado o filme na locadora. Depois de um aperto de mãos, perguntei sobre o filme, porque não reconheci, exceto por um ator que costumava fazer um programa de tevê e eu não conseguia lembrar o nome dele.

Minha irmã disse:
– É uma idiotice. Você não vai gostar.
– É sobre o quê? – perguntei.
Ela disse:
– Ah, qual é, Charlie. Já está quase acabando.
– Tudo bem para você se eu assistir ao final?
– Você pode assistir quando nós sairmos – respondeu minha irmã.
– Bom, e se eu assistir ao final com vocês? Depois posso rebobinar e ir até o ponto em que comecei a assistir.
Foi quando ela interrompeu o filme.
– Você não se manca?
– Acho que não.
– Queremos ficar sozinhos, Charlie.
– Oh. Desculpe.
Para falar a verdade, eu sabia que ela queria ficar sozinha com Erik, mas eu queria muito ter companhia. Mas eu sabia que não era justo estragar o tempo dela só porque eu sentia falta de todo mundo, então apenas disse boa noite e saí.

Fui para o meu quarto e comecei a ler o novo livro que Bill me deu. É chamado *O estrangeiro*. Bill disse que é "muito fácil de ler, mas difícil de 'ler bem'". Não tenho ideia do que ele quis dizer, mas até agora estou gostando do livro.

Com amor,
Charlie

8 de maio de 1992

Querido amigo,

É estranho como tudo pode voltar ao que era antes tão de repente quanto mudou originalmente. E quando uma coisa acontece e, de repente, tudo volta ao normal.

Na segunda, Brad voltou à escola.

Ele parecia muito diferente. Não que estivesse machucado ou coisa assim. O rosto dele na verdade parecia bem. Mas antes Brad sempre foi aquele cara que andava pelo corredor de cabeça erguida. Não consigo descrever de outra forma. É que algumas pessoas andam olhando para o chão por algum motivo. Elas não gostam de olhar os outros nos olhos. Brad nunca foi assim. Mas agora é. Especialmente quando encontra Patrick.

Eu os vi conversando em voz baixa no corredor. Eu estava longe demais para poder ouvir o que diziam, mas posso contar que Brad estava ignorando Patrick. E quando Patrick começou a se irritar, Brad apenas fechou seu armário e se afastou. Não foi estranho porque Brad e Patrick nunca se falaram na escola, porque Brad queria que fosse um segredo. A parte estranha é que foi o Patrick quem se aproximou de Brad. Então acho que eles não se viam mais nos campos de golfe. E não se falavam mais ao telefone.

Depois, à tardinha, eu estava fumando um cigarro no lado de fora, sozinho, e vi Patrick sozinho, também fumando. Eu não estava perto o bastante para realmente vê-lo, mas não quis interromper aquele momento tão pessoal, e então não me dirigi a ele. Mas Patrick estava chorando. Estava chorando muito. Depois disso, onde quer que eu o visse, ele não parecia estar presente. Parecia que estava em outro lugar. E acho que eu sabia disso, porque é assim que as pessoas costumavam dizer que eu era. Talvez elas ainda falem essas coisas. Não sei.

Na quinta-feira, aconteceu uma coisa horrível.

Eu estava sentado sozinho no refeitório, comendo um bife, quando vi Patrick se dirigir para Brad, que estava sentado com os colegas do time de futebol, e eu vi Brad o ignorar como havia feito no armário. E vi Patrick ficar com muita raiva, mas Brad ainda o ignorava. Então vi Patrick dizer alguma coisa, e ele parecia furioso quando se virou para sair. Brad ficou sentado por um segundo, depois se virou. E então eu ouvi. Foi alto o bastante para que algumas mesas ouvissem o que Brad gritou para Patrick:

– Viado!

Os colegas de futebol de Brad começaram a rir. Algumas mesas ficaram em silêncio quando Patrick se virou. Estava furioso como o diabo. Não estou brincando. Disparou como uma bala até a mesa de Brad e disse:

– Do que foi que você me chamou?

Meu Deus, ele estava louco. Nunca vi o Patrick assim antes.

Brad ficou quieto por um momento, mas os colegas começaram a provocá-lo, empurrando seus ombros. Brad

olhou para Patrick e disse mais lentamente e com mais maldade do que da primeira vez:
— Eu chamei você de viado.

Os colegas de Brad começaram a rir ainda mais alto. Quer dizer, até que Patrick deu o primeiro soco. Foi meio sinistro quando todo o refeitório ficou em silêncio, e depois a barulheira começou.

A briga foi dura. Muito mais dura do que aquela que eu tive com Sean no ano passado. Não era uma luta limpa como você vê nos filmes. Eles brigavam e batiam. E o mais agressivo e mais furioso dos dois dava os maiores golpes. Neste caso, estava tudo bem, até que os amigos de Brad se envolveram, e aí ficaram cinco contra um.

Foi quando eu me meti. Não consegui ficar assistindo a eles machucarem o Patrick, apesar de a poeira ainda não ter baixado para mim.

Acho que não há ninguém que eu conheça que pode me enfrentar numa briga. Exceto talvez meu irmão. Ele me ensinou o que fazer nessas situações. Não quero entrar em detalhes, a não ser dizer que, quando tudo terminou, Brad e dois amigos dele pararam de brigar e só me encaravam. Seus outros dois colegas estavam deitados no chão. Um estava agarrando o joelho que eu tinha atingido com uma das cadeiras de metal do refeitório. O outro estava com as mãos no rosto. Eu bati nos olhos dele, mas não muito. Não quero ser mau demais.

Olhei para o chão e vi Patrick. O rosto dele estava muito machucado e ele chorava muito. Eu o ajudei a ficar de pé e depois olhei para Brad. Não acho que já tenhamos

As vantagens de ser invisível

trocado sequer duas palavras antes, mas achei que era hora de começar. E tudo o que eu disse foi:

"Se fizer isso novamente, eu conto a todo mundo. E se isso não funcionar, eu vou te deixar cego."

Apontei para o cara que estava cobrindo o rosto, e eu sabia que Brad tinha me ouvido e sabia que eu falava a sério. Mas não respondeu nada, porque os seguranças de nossa escola chegaram para nos tirar do refeitório. Primeiro nos levaram à enfermaria, e depois ao Sr. Small. Patrick tinha começado a briga, então foi suspenso por duas semanas. Os colegas de Brad pegaram três dias cada um por atacarem covardemente Patrick depois que a briga havia começado. Brad não foi suspenso, porque foi autodefesa. Eu não fui suspenso porque só estava ajudando a defender um amigo quando estava cinco contra um.

Brad e eu pegamos um mês de castigo, a começar de agora.

No castigo, tínhamos de ficar na escola além de nosso horário. O Sr. Harris não estabeleceu regra nenhuma. Só nos fez ler, ou fazer o dever de casa, ou conversar. Não é uma punição de verdade, a menos que você goste de programas de televisão depois da escola ou esteja muito preocupado com seu histórico escolar. Eu me pergunto se isso valia de alguma coisa. Quero dizer, o histórico escolar.

No primeiro dia de castigo, Brad veio se sentar perto de mim. Parecia muito triste. Acho que de tanto apanhar ele se arrependeu da briga.

– Charlie?

– O quê?

– Obrigado. Obrigado por ter parado aquilo.
– Não há de quê.
E foi isso. Eu não falei mais nada com ele desde então. E ele não se sentou perto de mim hoje. A princípio, quando ele disse isso, eu fiquei meio confuso. Mas depois eu pensei que tinha entendido. Porque eu não queria um bando de amigos meus surrando a Sam mesmo que eu nunca mais gostasse dela.

Quando saí do castigo naquele dia, Sam estava esperando por mim. No minuto em que a vi, ela sorriu. Eu fiquei entorpecido. Não conseguia acreditar que ela estava ali. Então eu a vi se virar e dar um olhar gélido para Brad.

– Diga a ele que eu peço desculpas – disse Brad.
– Diga você mesmo – respondeu Sam.

Brad se afastou e foi para seu carro. Depois Sam caminhou na minha direção e mexeu no meu cabelo.

– Então eu soube que você é ninja ou coisa parecida.

Acho que concordei.

Sam me levou para casa em sua picape. No caminho, ela me disse que ficou com muita raiva de mim por ter feito o que fiz com Mary Elizabeth. Ela me disse que Mary Elizabeth é uma velha amiga deles. Ela chegou a me lembrar de que Mary Elizabeth a ajudou quando ela passou por aquela época difícil de que me falou quando me deu a máquina de escrever. Não quero repetir o que foi.

Então ela disse que, quando eu a beijei, em vez de beijar Mary Elizabeth, destruí sua amizade por algum tempo. Porque eu acho que Mary Elizabeth gostava muito de mim. Isso me deixou triste, porque eu não sabia que ela gostava tanto assim de mim. Só achava que ela queria me mostrar todas as coisas importantes. Foi aí que a Sam disse:

— Charlie, você é tão idiota às vezes. Sabia disso?

— Sabia. Mesmo. Eu sei disso. Sério.

Depois disse que Mary Elizabeth e ela já se refizeram disso, e que me agradecia por ter me aconselhado com Patrick e me afastado como eu fiz, porque isso tornou as coisas mais fáceis. Depois eu disse:

— Então podemos ser amigos agora?

— É claro. — Foi tudo o que ela disse.

— E Patrick?

— E Patrick.

— E todo mundo?

— E todo mundo.

Foi aí que comecei a chorar. Mas Sam me fez parar.

— Lembra o que eu disse ao Brad?

— Lembro. Você disse a ele que ele mesmo devia falar com Patrick.

— Isso vale para Mary Elizabeth também.

— Eu tentei, mas ela me disse...

— Eu sei que você tentou. Estou dizendo para tentar de novo.

— Tudo bem.

Sam me deixou em casa. Quando estava longe demais para poder me ver, eu comecei a chorar novamente. Porque ela era minha amiga de novo. E isso era o bastante para mim. Então prometi a mim mesmo nunca mais confundir as coisas como fiz daquela vez. E nunca mais fiz. Isso eu posso lhe garantir.

Quando fui no *The Rocky Horror Picture Show* à noite, foi muito tenso. Não por causa de Mary Elizabeth. Com ela estava tudo bem. Eu me desculpei e depois perguntei a ela se havia alguma coisa que quisesse me dizer. E, como antes, fiz uma pergunta e tive uma longa resposta. Quando eu estava ouvindo (eu realmente a ouvi), pedi desculpas novamente. Depois ela me agradeceu por não tentar diminuir a mim mesmo pedindo desculpas demais. E as coisas voltaram ao normal, exceto pelo fato de que agora éramos amigos.

Para falar a verdade, acho que a principal razão para tudo estar bem com Mary Elizabeth é que ela começou a namorar um amigo de Craig. O nome dele é Peter e está na faculdade, o que deixa Mary Elizabeth feliz. Na festa no apartamento de Craig, eu ouvi por acaso Mary Elizabeth dizer a Alice que estava muito feliz com Peter porque ele "tinha opinião própria" e eles discutiam as coisas. Ela disse que eu era um doce e compreensivo, mas que nosso relacionamento era unilateral. Ela queria alguém que fosse mais aberto a discussões e não precisasse da permissão de alguém para falar.

Tive vontade de rir. Ou talvez tenha ficado irritado. Ou talvez tenha me surpreendido de como as coisas eram estranhas, especialmente para mim. Mas eu estava numa festa com meus amigos, então isso não importava tanto assim. Eu só bebi, porque pensei que já era hora de parar de fumar tanta maconha.

O que deixou aquela noite tensa foi o Patrick ter deixado de fazer oficialmente Frank'n Furter no show. Ele disse que não queria mais fazer aquilo... nunca mais. Então, sentou e assistiu ao show na plateia comigo, e ele disse coisas que eram difíceis de ouvir, porque Patrick normalmente não é um cara infeliz:

– Já pensou, Charlie, que nosso grupo é o mesmo de qualquer outro grupo de time de futebol? E que a única diferença real entre nós é o que vestimos e por que vestimos isso?

– É? – E houve uma pausa.

– Bom, acho que é tudo uma grande bobagem.

E ele estava falando sério. Foi difícil vê-lo desse jeito.

Um cara que eu não conhecia de lugar nenhum fez o papel de Frank'n Furter. Ele tinha substituído Patrick por muito tempo e agora teve sua oportunidade. Era muito bom também. Não tão bom quanto Patrick, mas era muito bom.

Com amor,
Charlie

11 de maio de 1992

Querido amigo,

Passei muito tempo com Patrick naquela fase. Eu não disse muita coisa. Só ouvia e concordava, porque Patrick precisava falar. Mas não como era com Mary Elizabeth. Isso era diferente.

Começou no sábado de manhã, depois do show. Eu estava na minha cama, tentando conceber por que às vezes você acorda e volta a dormir, e outras vezes não consegue. Então minha mãe bateu à porta.

– Seu amigo Patrick está ao telefone.

Então eu me levantei e espantei o sono.

– Alô?

– Vista-se. Estou a caminho.

Click. Foi isso. Eu tinha muito trabalho para fazer, porque o final do ano letivo estava se aproximando, mas parecia que íamos ter algum tipo de aventura, então me vesti.

Patrick encostou o carro dez minutos depois. Estava usando as mesmas roupas da noite anterior. Não tinha se barbeado nem nada. Acho que ele nem mesmo dormiu. Estava acordado à base de café, cigarros e Mini Thins, que são pequenos comprimidos que você pode comprar nas lojas de conveniência. Eles mantêm você desperto! Não são ilegais nem nada, mas dão muita sede em você.

Então entrei no carro de Patrick, que estava cheio de fumaça de cigarro. Ele me ofereceu um, mas eu disse que não ia fumar na frente da minha casa.

– Seus pais não sabem que você fuma?

– Não. Acha que devem saber?

– Acho que não.

Então saímos com o carro. Acelerado.

As vantagens de ser invisível

A princípio, Patrick não falou muito. Apenas ouvia a música no toca-fitas. Depois que a segunda canção começou, perguntei a ele se era a fita que eu tinha gravado de amigo-oculto.

– Estou ouvindo isso a noite toda.

Patrick deu aquele sorriso que cobria todo o rosto. Foi um sorriso doentio. Cansado e meio atordoado. Ele aumentou o volume. E acelerou o carro.

– Vou te contar uma coisa, Charlie. Estou me sentindo bem. Sabe o que quero dizer? Realmente bem. Como se estivesse livre ou coisa parecida. Como se não tivesse de fingir mais. Estou indo para a faculdade, não é? Lá será diferente. Você está me entendendo?

– Claro – eu disse.

– Pensei a noite toda sobre o tipo de pôsteres que quero colocar no meu quarto do alojamento. E se terei uma parede de tijolos aparentes. Eu sempre quis uma parede de tijolinhos, para que eu possa pintar nela. Tá me entendendo?

Desta vez eu só assenti, porque ele não estava esperando um "é claro".

– As coisas vão ser diferentes lá. Têm de ser.

– Elas serão – eu disse.

– Você acha mesmo isso?

– É claro.

– Obrigado, Charlie.

E foi assim o dia todo. Fomos ver um filme. E comemos pizza. E sempre que Patrick se sentia cansado, pedia café, e ele engoliu outro Mini Thin ou dois. Quando começou a anoitecer, ele me mostrou todos os lugares onde ele e Brad se encontravam. Não falou muito a respeito deles. Ele só olhava.

Terminamos no campo de golfe.

Sentamos no gramado dezoito, que era bem no alto da colina, e vimos o sol desaparecer. Patrick tinha comprado uma garrafa de vinho tinto com a carteira de identidade falsificada e a passávamos de um para o outro. Só conversando.

– Você já ouviu falar de Lily? – perguntou ele.

– Quem?

– Lily Miller. Não sei qual era o verdadeiro nome dela, mas era conhecida como Lily. Ela era veterana quando eu era segundanista.

– Acho que não.

– Pensei que seu irmão tinha lhe contado. É um clássico.

– Talvez.

– Muito bem. Me interrompa se você já conhecer a história.

– Tudo bem.

– Então Lily chegou aqui com aquele cara que era protagonista em todas as peças de teatro.

– Parker?

– Isso, Parker. Como você sabe?

– Minha irmã teve uma queda por ele.

– Perfeito! – Estávamos ficando bem bêbados. – Então Parker e Lily chegaram aqui uma noite. E eles estavam tão apaixonados! Ele chegou a interpretar para ela ou coisa assim.

Nesse ponto, Patrick estava cuspindo vinho entre as frases e rindo muito.

– Eles tinham uma canção. Algo parecido com "Broken Wings" ("Asas feridas"), da banda Mr. Mister. Não sei bem, mas espero que seja "Broken Wings", porque assim a história ficaria perfeita.

– Continue – eu o estimulei.

– Tá bom. Tá bom. – Tomou um gole. – Então eles estavam saindo há um bom tempo, e acho que tinham feito sexo antes, mas estavam saindo para uma noite especial. Ela preparou um pequeno piquenique e ele levou um rádio portátil para tocar "Broken Wings".

Patrick não podia falar nessa música sem rir por uns dez minutos.

– Tudo bem. Tudo bem. Desculpe. Então eles fizeram um piquenique com sanduíches e tudo. Eles começaram a se agarrar. O som tocando e eles estavam a ponto de "chegar lá" quando Parker se tocou que tinha esquecido as camisinhas. Estavam os dois nus nesse gramado. Os dois se queriam. Não tinha camisinha. Então, o que você acha que aconteceu?

– Não sei.

– Eles fizeram no estilo cachorrinho com um dos sacos de sanduíche!

– NÃO! – Foi tudo o que eu pude dizer.

– É! – Foi a réplica de Patrick.

– MEU DEUS! – Foi minha tréplica.

– É! – Foi a conclusão de Patrick.

Depois que conseguimos parar de rir e desperdiçamos a maior parte do vinho cuspindo-o, ele se virou para mim.

– E sabe da melhor parte?

– O quê?

– Ela era a oradora da turma. E todo mundo sabia disso quando ela se ergueu para fazer o discurso!

Não há nada como a respiração profunda depois de dar uma gargalhada. Nada no mundo se compara à barriga dolorida pelas razões certas. E essa era ótima.

Então Patrick e eu trocamos histórias que conhecíamos.

Tinha um cara chamado Barry que costumava fazer pipas nas aulas de arte. Então, depois da escola, ele colocava bombinhas na pipa e a soltava, e elas explodiam. Agora ele está estudando para ser controlador de tráfego aéreo.

– *História de Patrick contada por Sam.*

E tinha aquele garoto chamado Chip, que gastou todo o dinheiro da mesada, do Natal e dos aniversários para comprar um equipamento de dedetização, e batia de porta em porta perguntando se queriam que ele exterminasse os insetos de graça.

– *História minha contada por minha irmã.*

As vantagens de ser invisível

Tinha um cara chamado Carl Burns e todo mundo o chamava de C.B. E um dia C.B. ficou tão bêbado numa festa que tentou "comer" o cachorro do dono da casa.
— *História de Patrick.*

E tinha um cara que chamavam de "Action Jack" porque parece que ele foi apanhado se masturbando em uma festa. E em todos os jogos, antes de a partida começar, os garotos batiam palmas e cantavam: "Action Jack... *clap-clap-clap*... Action Jack!"
— *História minha contada por meu irmão.*

Havia outras histórias e outros nomes. Stace Segunda Base, que tinha seios já na quarta série e deixava que alguns garotos pegassem neles. Vincent, que tomava ácido e tentou enfiar um sofá na privada. Sheila, que diziam se masturbar com um cachorro-quente e tinha de ir para o pronto-socorro. A lista era interminável.

No fim, tudo em que pude pensar era que aquelas pessoas deviam se sentir como quando vão para as reuniões de turma. Eu me pergunto se elas ficam encabuladas, e me pergunto se é um pequeno preço a pagar para ser uma lenda.

Depois que ficamos um pouco sóbrios com um café e Mini Thins, Patrick me levou para casa. A fita que gravei para ele tocava um monte de canções de inverno. E Patrick se virou para mim.

— Obrigado, Charlie.
— Que é isso.

– Não, é sério. Pelo refeitório.
– Tudo bem.
Depois disso, ele se calou. Me levou para casa e encostou na entrada de carros. Demos um abraço de boa-noite e, quando eu estava prestes a sair, ele me apertou um pouco mais forte. E moveu o rosto para a frente do meu. E me beijou. Um beijo de verdade. Depois ele se afastou com lentidão.
– Desculpe.
– Não, está tudo bem.
– Mesmo. Desculpe.
– Não, é sério. Tudo bem.
Então ele disse "obrigado" e me abraçou de novo. E foi me beijar de novo. E eu deixei. Não sei por quê. Ficamos no carro dele por um bom tempo.
Não fizemos mais nada além de beijar. E nem nos beijamos por muito tempo. Depois de um tempinho, seus olhos perderam aquele ar enevoado do vinho, ou do café, ou do fato de que ele não dormiu na noite anterior. Depois ele começou a chorar. E depois ele começou a falar de Brad.
E eu deixei que falasse. Porque os amigos são para essas coisas.

Com amor,
Charlie

17 de maio de 1992

Querido amigo,

Parece que toda manhã, desde aquela primeira noite, eu acordo lerdo, e minha cabeça dói e não consigo respirar. Patrick e eu temos passado muito tempo juntos. Bebemos muito. Na verdade, Patrick bebe e eu só dou uns golinhos.

É duro ver um amigo sofrendo tanto. Especialmente quando você nada pode fazer, a não ser "estar lá". Queria fazer com que ele parasse de sofrer, mas não posso. Então eu só o acompanho aonde quer que ele queira ir para me mostrar seu mundo.

Uma noite, Patrick me levou a este parque onde os homens vão para se encontrar. Patrick me disse que, se eu não quiser ser incomodado por ninguém, eu não devo fazer contato visual. Ele disse que o contato visual é uma forma de você concordar em se agarrar anonimamente. Ninguém fala nada. Eles escolhem um lugar e vão. Depois de algum tempo, Patrick viu alguém de quem gostou. Me perguntou se eu precisava de cigarros e, quando eu disse que não, deu um tapinha no meu ombro e se afastou com o outro cara.

Eu me sentei em um banco, olhando ao redor. Tudo o que vi foram sombras de pessoas. Algumas no chão. Algumas em uma árvore. Algumas apenas andando. Tudo tão silencioso. Depois de alguns minutos, acendi um cigarro e ouvi alguém sussurrar.

– Tem um cigarro? – perguntou a voz.

Eu me virei e vi um homem na sombra.

– Claro – eu disse.

Estendi um cigarro para o homem. Ele pegou.

– Tem fogo?

– Claro – eu disse e lhe risquei um fósforo.

Em vez de se inclinar e acender o cigarro, ele protegeu a chama com as mãos, como fazemos quando tem vento. Mas não havia vento. Acho que ele queria tocar minhas mãos, porque, embora estivesse acendendo o cigarro, ele levou mais tempo do que o necessário. Talvez ele quisesse ver meu rosto sob a chama do fósforo. Para ver se eu era bonito. Não sei. Ele me parecia familiar. Mas não conseguia me lembrar de quem era.

Ele apagou o fósforo.

– Obrigado. – E exalou a fumaça.

– Tudo bem – eu disse.

– Se importa se eu me sentar aqui? – perguntou.

– Não, tudo bem.

Ele se sentou. E disse algumas coisas. E era a voz. Eu reconheci a voz. Então acendi outro cigarro e olhei seu rosto novamente, e parecia sério, e foi quando eu me lembrei. Era o cara que fazia o noticiário esportivo da tevê!

– Noite agradável – disse ele.

Não era possível! Acho que consegui concordar com a cabeça, porque ele continuou falando. De esportes! Ficou falando de como o batedor indicado no beisebol era ruim,

As vantagens de ser invisível

por que o basquete era um sucesso comercial e que times pareciam promissores no futebol universitário. Ele até falou no nome do meu irmão! Juro!

Tudo o que eu disse foi:

– Então, como é estar na televisão?

Devo ter feito a coisa errada, porque ele se levantou e se afastou. Foi muito ruim, porque eu queria perguntar se ele achava que meu irmão ia se profissionalizar.

Outra noite, Patrick me levou a um lugar onde vendem *poppers*, que é uma droga que se inala. Eles não tinham *poppers*, mas o cara por trás do balcão disse que tinha uma coisa que também era boa. Então Patrick comprou. Era uma lata de aerossol. Nós dois cheiramos e eu juro que pensei que fôssemos morrer de ataque cardíaco.

Acho que Patrick me levou a quase todo lugar que há para se ir que eu não conheceria de outra forma. Havia aquele caraoquê em uma das ruas principais da cidade. E a boate. E aquele banheiro em uma academia. Todos esses lugares. Às vezes, Patrick pegava uns caras. Outras vezes, não. Ele disse que era difícil estar seguro. E você nunca sabe.

As noites em que ele pegava alguém sempre me deixavam triste. É duro, também, porque Patrick começa cada noite realmente excitado. E sempre dizendo que se sentia livre. E que esta noite era seu destino. E coisas assim. Mas no fim da noite ele só parecia deprimido. Às vezes, ele falava de Brad. Outras vezes, não. Mas depois de algum tempo a coisa toda não interessava mais a ele e fugia das coisas para olhar o vazio.

Então, nesta noite, ele me deixou em casa. Era a noite em que tínhamos ido ao parque onde os homens se encontram. E a noite em que ele viu Brad com um cara. Brad estava envolvido demais no que estava fazendo para perceber nossa presença. Patrick não disse nada. Não fez nada. Só voltou para o carro. E dirigiu em silêncio. No caminho, atirou a garrafa de vinho pela janela. E quebrou ao cair. E desta vez ele não tentou me beijar como tinha feito toda noite. Só agradeceu a mim por ser seu amigo. E foi embora.

Com amor,
Charlie

21 de maio de 1992

Querido amigo,
O ano letivo está acabando. Temos outro mês, mais ou menos. Mas os veteranos como minha irmã, Sam e Patrick só têm mais duas semanas. Então eles têm o baile e a formatura, e estão todos ocupados fazendo planos.
Mary Elizabeth vai com o namorado, Peter. Minha irmã com Erik. Patrick com Alice. E Craig concordou em ir com Sam desta vez. Eles chegaram a alugar uma limusine e coisa assim. Mas não minha irmã. Ela vai no carro do namorado, que é um Buick.

As vantagens de ser invisível

Bill tem estado muito emotivo ultimamente, porque ele pode sentir seu primeiro ano como professor chegar ao fim. Pelo menos foi o que ele me disse. Estava planejando se mudar para Nova York para escrever peças, mas me disse que não acha que realmente queira isso. Ele gosta de lecionar inglês a jovens e acha que talvez possa entrar para o departamento de teatro também, no ano que vem.

Acho que ele anda pensando muito nisso, porque não me deu outro livro para ler desde *O estrangeiro*. Mas me pediu para assistir a um monte de filmes, e escrever um ensaio sobre o que penso de todos eles. Os filmes eram *A primeira noite de um homem*, *Ensina-me a viver*, *Minha vida de cachorro* (que tinha legendas!), *Sociedade dos poetas mortos* e um filme chamado *A incrível verdade*, que foi muito difícil de achar.

Assisti a todos esses filmes em um dia. Foi ótimo.

O ensaio foi muito parecido com os últimos trabalhos que escrevi, porque tudo o que Bill me dizia para ler era muito parecido. Exceto a vez em que ele me fez ler *Naked Lunch*.

Aliás, ele me disse que tinha me dado aquele livro porque tinha terminado recentemente com a namorada e estava se sentindo filosófico. Acho que é por isso que ele estava triste naquela tarde em que falou de *Pé na estrada*. Ele se desculpou por sua vida pessoal estar afetando o ensino, e eu aceitei as desculpas, porque não sei mais o que fazer. É estranho pensar em nossos professores como pessoas, mesmo quando se trata de Bill. Acho que desde então ele reatou com a namorada. Estão morando juntos agora. Pelo menos foi o que ele me disse.

Então, na escola, Bill me deu o último livro do ano para ler. Chama-se *The Fountainhead*, e é muito grosso.

Quando me deu o livro, Bill disse: "Seja cético a respeito deste aqui. É um grande livro. Mas procure ser um filtro e não uma esponja."

Às vezes, acho que Bill se esquece de que tenho dezesseis anos. Mas fico muito feliz com isso.

Ainda não comecei a ler porque fiquei muito atrasado nas outras matérias por causa do tempo que passo com Patrick. Mas, se eu puder compensar, vou terminar o primeiro ano com notas A, o que me deixa muito feliz. Quase não tiro A em matemática, mas o Sr. Carlo me disse para parar de perguntar "por quê" todo o tempo e só seguir as fórmulas. Então foi o que fiz. Agora tenho notas perfeitas em minhas provas. Só queria saber o que as fórmulas significam. Sinceramente não tenho a menor ideia.

Andei pensando no que escrevi para você antes, porque eu tinha medo de começar no ensino médio. Hoje eu me sinto bem, então me parece divertido.

Aliás, Patrick parou de beber naquela noite em que viu Brad no parque. Acho que ele está se sentindo melhor. Ele só quer se formar e ir para a faculdade.

Vi Brad no castigo na segunda-feira depois que o tinha visto no parque. E ele parecia como sempre estava.

Com amor,
Charlie

As vantagens de ser invisível

27 de maio de 1992

Querido amigo,
    Fiquei lendo *The Fountainhead* nos últimos dias, e é um livro excelente. Estou lendo na capa que a autora nasceu na Rússia e veio para os Estados Unidos quando era jovem. Ela falava mal o inglês, mas queria ser escritora. Acho que é uma pessoa admirável, então me sentei e tentei escrever uma história.
    "Ian MacArthur é um companheiro maravilhoso que usa óculos e os usa com deleite."
    Era a primeira frase. O problema foi que eu não conseguia encontrar a segunda. Depois de limpar meu quarto três vezes, decidi deixar Ian em paz por um tempo, porque eu estava começando a ficar chateado com ele.
    Tenho tido muito tempo para escrever, ler e pensar nas coisas da semana passada, porque todo mundo está ocupado com o baile, a formatura e os cronogramas. Sexta-feira que vem é o último dia de aula. E o baile é na terça, o que eu achei estranho, porque pensei que aconteceria em um fim de semana, mas Sam me disse que as escolas não podem fazer seu baile na mesma noite ou não haveria smokings nem restaurantes suficientes para ir. Eu disse que achei tudo muito bem planejado. E então no domingo é a formatura. Todos estão muito animados. Gostaria que estivesse acontecendo comigo.

Eu me pergunto como será quando eu estiver no lugar deles. O fato é que eu terei um colega de quarto e comprarei xampu. Pensei que seria ótimo ir para meu baile de formatura três anos depois da Sam. Espero que seja numa sexta-feira. E espero que eu seja o orador da turma na formatura. Espero que meu discurso seja bom. E imagino se Bill vai me ajudar com isso, se não tiver ido para Nova York escrever peças. Ou talvez ele me ajude mesmo que esteja em Nova York escrevendo peças. Acho que seria especialmente legal para ele.

Não sei. *The Fountainhead* é um livro muito bom. Espero estar sendo um filtro.

Com amor,
Charlie

2 de junho de 1992

Querido amigo,

Você sabe o que é um trote de final de ano? Estou perguntando se você sabe porque minha irmã disse que é uma tradição em muitas escolas. Este ano, o trote foi o seguinte: alguns veteranos encheram a piscina com cerca de seis mil garrafas de refrigerante de uva. Não tenho ideia de quem bola essas coisas nem do porquê, exceto que o trote de fim de ano deve significar o fim da escola. O que

As vantagens de ser invisível

isso tem a ver com uma piscina de refrigerante de uva está além da minha compreensão, mas fiquei muito feliz por não ter educação física.

Na verdade tem sido uma época muito animada, porque todos nós estamos ocupados com o final do ano. Nesta sexta-feira é o último dia de aula para todos os meus amigos e minha irmã. Até as pessoas que acham que é uma "piada", como Mary Elizabeth, não conseguem parar de dizer que é uma "piada". É muito divertido ver tudo isso.

Assim, todos finalmente têm pensado nas faculdades para onde vão no ano que vem. Patrick vai para a Universidade de Washington porque quer ficar perto da música de lá. Ele diz que acha que quer trabalhar em uma gravadora de discos algum dia. Talvez ser publicitário ou alguém que descobre novas bandas. Sam finalmente decidiu partir cedo para o programa de verão na faculdade de sua preferência. Adoro essa expressão. Faculdade de minha preferência. Faculdade garantida é outra favorita.

O caso é que Sam está indo para duas faculdades. A faculdade de preferência e a faculdade garantida. Ela deve começar na faculdade garantida no outono, mas para ir para a faculdade de preferência ela tem de cumprir o programa especial de verão como meu irmão. Está certo! A faculdade é a Penn State, o que é ótimo, porque agora posso visitar meu irmão e Sam em uma só viagem. Não quero pensar em Sam partindo ainda, mas imagino o que aconteceria se ela e meu irmão começassem a namorar, o que é uma idiotice, porque eles não são nada parecidos, e

Sam está apaixonada por Craig. Tenho de parar com essas coisas.

Minha irmã vai para uma "pequena faculdade de ciências humanas no Oeste" chamada Sarah Lawrence. Ela quase não pôde ir, porque é muito cara, mas então conseguiu uma bolsa de estudos no Rotary Club, ou Moose Lodge, ou coisa parecida, que acho que foi muito generoso com ela. Minha irmã será a segunda da turma. Acho que ela devia ser a oradora, mas teve uma nota B quando passou por aquela dificuldade com o ex-namorado.

Mary Elizabeth vai para Berkeley. E Alice vai estudar cinema na Universidade de Nova York. Nunca soube que ela gostasse de filmes, mas acho que gosta. Ela os chama de "películas".

Aliás, eu terminei *The Fountainhead*. Foi uma experiência maravilhosa. É estranho descrever a leitura de um livro como uma experiência maravilhosa, mas foi o que eu senti. É um livro diferente dos outros, porque eu não estava sendo um garoto. E não foi como *O estrangeiro* ou *Naked Lunch*, embora eu ache que foi de certa forma filosófico. Mas não foi como se você tivesse de pesquisar filosofia. Foi mais simples, eu acho, e a melhor parte é que peguei o que a autora escreveu e adaptei à minha vida. Talvez seja isso o que significa ser um filtro. Não tenho certeza.

Havia aquela parte em que um personagem, que é um arquiteto, está sentado em um barco com seu melhor amigo, que é um magnata da imprensa. E o magnata da imprensa diz que o arquiteto é um homem muito frio. O arquiteto replica que, se o barco estivesse afundando, e

As vantagens de ser invisível

só houvesse espaço para uma pessoa no bote salva-vidas, desistiria de sua vida com prazer em favor do magnata. E depois ele diz algo como:

"Eu morreria por você. Mas não viveria por você."

Algo assim. Acho que a ideia é que cada pessoa tem de viver para a própria vida e depois escolher compartilhá-la com outra pessoa. Talvez seja isso que faça com que as pessoas "participem". Não tenho muita certeza disso. Porque eu não sei se viveria pela Sam. E depois, ela não ia me querer, então talvez seja muito melhor assim. Assim espero.

Falei com meu psiquiatra sobre o livro e Bill, e sobre Sam e Patrick, e todas as faculdades, mas ele ficou me fazendo perguntas sobre quando eu era mais novo. O caso é que sinto que estou repetindo as mesmas lembranças para ele. Não sei. Ele diz que é importante. É o que nós veremos.

Eu escreveria um pouco mais hoje, mas tenho de decorar as fórmulas de matemática para a prova final na quinta-feira. Deseje-me sorte!

Com amor,
Charlie

5 de junho de 1992

Querido amigo,
Queria lhe contar sobre nós correndo. Teve aquele lindo pôr do sol. E aquela colina. A subida na colina em que Patrick e eu cuspimos vinho de tanto rir. E poucas horas antes, Sam e Patrick e todos que eu adoro e conheço tiveram o último dia de aula no ensino médio. E eu fiquei feliz porque eles estavam felizes. Minha irmã chegou a me deixar abraçá-la no corredor. Parabéns era a palavra do dia. Então Sam, Patrick e eu fomos ao Big Boy e fumamos cigarros. Depois saímos a pé, fazendo hora até o *The Rocky Horror*. E ficamos falando de coisas que pareciam importantes. E ficamos olhando aquela colina. E então Patrick começou a correr atrás do pôr do sol. E Sam imediatamente o seguiu. E eu os vi em silhueta. Correndo atrás do sol.

Naquela noite, Patrick decidiu interpretar Frank'n Furter pela última vez. Ele ficou tão feliz ao vestir as roupas, e todos ficaram felizes que ele tenha decidido fazer isso. Na verdade foi muito comovente. Ele fez o melhor show que eu já vi. Talvez eu estivesse sendo parcial, mas não me importo. Foi o melhor show de que vou me lembrar. Especialmente a última canção.

A canção se chama "I'm Going Home". No filme, Tim Curry, que interpreta o personagem, chora durante essa música. Mas Patrick estava sorrindo. E eu achei ótimo.

As vantagens de ser invisível

Consegui convencer minha irmã a ir ao show com o namorado. Eu vinha tentando levá-la desde que comecei a frequentar, mas ela nunca ia. Mas desta vez ela foi. E como minha irmã e o namorado nunca tinham visto o show antes, eram tecnicamente "virgens", o que significa que teriam de passar por todas aquelas coisas constrangedoras antes de o show começar para serem "iniciados". Decidi não contar essa parte para minha irmã, e ela e o namorado tiveram de subir ao palco e tentar dançar o "Time Warp".

Quem não conseguia fazer a dança tinha de fingir que estava fazendo sexo com um grande boneco inflado, e eu mostrei rapidamente à minha irmã e ao namorado como dançar o "Time Warp" no palco, mas não sei se poderia mostrar a ela como fingir fazer sexo com um bonecão inflado.

Perguntei à minha irmã se ela queria ir à casa de Craig para a festa mais tarde, mas ela disse que um dos amigos estava dando uma festa, então era o que ia fazer. Estava tudo bem para mim, porque pelo menos ela foi ao show. E antes que saísse ela me abraçou novamente. Duas vezes em um dia! Eu realmente amo minha irmã. Especialmente quando ela é legal.

A festa na casa do Craig foi ótima. Craig e Peter compraram champanhe para comemorar com todas as pessoas que estavam se formando. E nós dançamos. E conversamos. E vi Mary Elizabeth beijar Peter e parecer feliz. E vi Sam beijando Craig e parecer feliz. E vi Patrick e Alice não se importarem de não estar beijando ninguém, porque estavam animados demais falando do futuro.

Então eu me sentei ali com uma garrafa de champanhe perto do CD player e trocava as músicas para ajustar com o clima que eu via. Eu tive sorte também, porque Craig tinha uma coleção excelente. Quando as pessoas pareciam um pouco cansadas, eu tocava alguma coisa animada. Quando pareciam que queriam conversar, eu tocava uma música suave. Foi uma ótima maneira de me sentar sozinho em uma festa e ainda fazer parte das coisas.

Depois da festa, todos me agradeceram porque disseram que a música foi perfeita. Craig disse que eu devia ser DJ, para ganhar dinheiro enquanto ainda estava na escola, como ele faz como modelo. Achei que era uma boa ideia. Talvez eu possa economizar alguma grana, então vou poder ir para uma universidade mesmo que o Rotary Club ou Moose Lodge não me ajudem.

Meu irmão disse recentemente por telefone que, se ele for para o futebol americano profissional, eu não tenho de me preocupar com o dinheiro para minha faculdade. Ele disse que cuidaria disso. Mal posso esperar para ver meu irmão. Ele virá para a formatura da minha irmã e isso é muito legal.

Com amor,
Charlie

As vantagens de ser invisível

9 de junho de 1992

Querido amigo,
 Hoje é a noite do baile de formatura. E estou sentado no meu quarto. Ontem foi difícil, porque eu não conhecia ninguém, uma vez que todos os meus amigos e minha irmã não vão mais à escola.
 O pior foi a hora do almoço, porque me lembrou de quando todos estavam com raiva de mim por causa de Mary Elizabeth. Nem consegui comer meu sanduíche, e minha mãe fez o meu preferido. Acho que ela sabia que eu ficaria triste com a partida de todos.
 As salas pareciam diferentes. E os calouros estavam agindo de forma diferente porque agora são veteranos. Tinham até camisetas. Não sei quem planeja essas coisas.
 Tudo o que consigo pensar sobre isso é o fato de que Sam estará partindo em duas semanas para ir à Penn State. E Mary Elizabeth vai estar ocupada com o namorado. E minha irmã vai estar ocupada com o namorado. E Alice e eu não somos íntimos. Sei que Patrick estará por perto, mas tenho medo de que talvez, sem estar triste, ele não queira passar o tempo comigo. Racionalmente, eu sei que estou errado, mas é assim que sinto às vezes. Então, a única pessoa que terei para conversar é meu psiquiatra, e essa ideia não me agrada justo agora, porque ele fica me perguntando sobre quando eu era mais novo, e ele está começando a me deixar esquisito.

Ainda bem que tenho muito dever de casa e não tenho muito tempo para pensar.

Tudo o que eu espero é que esta noite seja ótima para as pessoas que merecem que seja ótima. O namorado da minha irmã me mostrou seu Buick, e ele estava usando um "fraque" branco por cima de um terno preto, o que me pareceu inadequado por alguma razão. Sua "faixa de cintura" (não sei como se chama isso) combinava com o vestido da minha irmã, que era azul pálido e decotado. Isso me fez lembrar daquelas revistas. Tenho de parar de divagar desse jeito. Muito bem.

Tudo o que eu espero é que minha irmã se sinta bonita e que o novo namorado a faça se sentir bonita. Espero que Craig não faça Sam sentir que seu baile não é especial só porque ele é mais velho. Espero o mesmo para Mary Elizabeth com Peter. Espero que Brad e Patrick decidam reatar e dancem na frente de toda a escola. E que Alice seja secretamente lésbica e esteja apaixonada por Nancy, namorada de Brad (e vice-versa), e assim ninguém vai ficar mal. Espero que o DJ seja tão bom como disseram que eu era na sexta-feira passada. E espero que os retratos de todos fiquem ótimos, não se tornem velhas fotografias e que ninguém tenha um acidente de carro.

É só isso o que eu espero.

Com amor,
Charlie

10 de junho de 1992

Querido amigo,

Vim da escola para casa e minha irmã ainda dormia por causa da festa pós-baile que a escola organizou. Telefonei para Patrick e Sam, mas eles também estavam dormindo. Patrick e Sam têm um telefone sem fio cuja bateria está sempre falhando, e a mãe de Sam parecia uma mãe dos quadrinhos do Charlie Brown. Uá, uá... Uou.

Tive duas provas finais hoje. Uma de biologia, em que acho que me saí muito bem. A outra da aula de Bill. A final era sobre *O grande Gatsby*. A única coisa difícil foi o fato de que ele tinha me dado o livro para ler há muito tempo e tive dificuldades para me lembrar.

Depois que entreguei a prova, perguntei a Bill se ele queria que eu escrevesse um trabalho sobre *The Fountainhead*, porque eu disse a ele que tinha terminado de ler, e ele não me disse para fazer nada. Ele disse que não seria justo me fazer escrever outro trabalho quando eu tinha tantas provas finais para fazer esta semana. Em vez disso, ele me convidou para passar a tarde de sábado em sua casa na cidade com a namorada e ele, o que me pareceu divertido.

Então, na sexta-feira, vou ver *The Rocky Horror*. Depois, no sábado, vou à casa de Bill. E no domingo vou à formatura de todo mundo e passar algum tempo com meu irmão e toda a família, por causa de minha irmã. Depois eu provavelmente vou para a casa de Sam e Patrick comemorar a formatura deles. Depois terei mais dois dias de escola, o que não faz sentido, porque todas as minhas provas já terão acabado. Mas eles planejaram algumas atividades. Pelo menos foi o que eu soube.

    Eu estou planejando tanto porque a escola é terrivelmente solitária. Acho que já disse isso antes, mas está ficando mais difícil a cada dia. Tenho duas provas finais amanhã. História e datilografia. Depois, na sexta, tenho provas finais de todas as outras matérias, como educação física e trabalhos manuais. Não sei se serão provas finais de verdade nessas matérias. Especialmente trabalhos manuais. Acho que o Sr. Callahan só vai tocar alguns de seus velhos discos para nós. Foi o que ele fez quando tivemos as férias de meio de ano, mas não seria a mesma coisa sem Patrick fazendo dublagem. Aliás, fui perfeito em minha prova final de matemática na semana passada.

Com amor,
Charlie

13 de junho de 1992

Querido amigo,
    Cheguei agora da casa de Bill. Não tinha escrito de manhã para você sobre a noite passada porque tive de ir para a casa de Bill.

Na noite passada, Craig e Sam terminaram.

Foi muito triste ver aquilo. Nos últimos dias, tenho ouvido muita coisa sobre o baile de formatura, e graças àqueles lugares que fazem revelação de filme em vinte e quatro horas, eu vi como todos estavam lá. Sam parecia bonita. Patrick estava elegante. Mary Elizabeth, Alice e o namorado de Mary Elizabeth pareciam ótimos, todos. A única coisa é que Alice usou um desodorante com um vestido sem alça, e ele aparecia. Não acho que esse tipo de coisa tenha importância, mas é possível que Alice tenha ficado paranoica com isso a noite toda. Craig também estava elegante, mas usava um terno em vez de smoking. Não foi por isso que eles terminaram.

Na verdade, o baile deve ter sido muito legal. A limusine era mesmo ótima, e o motorista deixou todo mundo chapado, o que tornou a caríssima viagem ainda melhor. O nome dele era Bill. A música do baile veio de uma banda *cover* muito ruim chamada The Gypsies of the Allegheny, mas o baterista era bom, então todos se divertiram dançando. Patrick e Brad nem sequer olharam um para o outro, mas Sam disse que Patrick estava bem.

Depois do baile, minha irmã e o namorado foram para a festa que a escola tinha organizado. Aconteceu na boate mais popular da cidade. Ela disse que foi muito divertido ver todos vestidos daquele jeito e dançando boa música tocada por um DJ, em vez de os Gypsies of the Allegheny. Teve até um comediante fazendo imitações. A única coisa chata é que, depois que você entrasse, não podia sair e voltar. Acho que os pais pensaram que isso manteria os garotos longe de problemas. Mas ninguém pareceu se importar. Estavam se divertindo tanto e bastava encher a cara de bebida.

Quando a festa terminou, eram umas sete da manhã e todos foram para o Big Boy comer panquecas e bacon.

Perguntei a Patrick como tinha sido a festa depois do baile, e ele disse que se divertiu muito. Disse que Craig tinha alugado um quarto de hotel para todos, mas só Craig e Sam foram. Na verdade, Sam também queria ir para a festa pós-baile que a escola tinha organizado, mas Craig ficou com muita raiva porque já havia pagado pelo hotel. Não foi por isso que eles terminaram.

Aconteceu ontem, na casa de Craig, depois de *The Rocky Horror*. Como eu disse, o namorado de Mary Elizabeth, Peter, é muito amigo de Craig, e ele se meteu nas coisas. Acho que ele realmente gosta muito de Mary Elizabeth, e passou a gostar muito de Sam, porque foi ele quem provocou tudo. Ninguém havia suspeitado disso.

Basicamente, Craig estava enganando a Sam desde que começaram a sair. E quando eu digo enganando, não quero dizer que ele bebia e saía por aí com uma garota e depois se arrependia. Foram várias garotas. Várias vezes. Bêbado e sóbrio. E acho que ele nunca se arrependeu.

O motivo para que Peter não dissesse nada no início foi o fato de que ele não conhecia ninguém. E ele não conhecia Sam. Ele pensava que ela era uma pateta do ensino médio porque era o que Craig dizia a ele.

De qualquer forma, depois que ele conheceu a Sam, Peter ficou dizendo a Craig que ele tinha de contar a verdade porque ela não era uma pateta do ensino médio. Craig prometia que ia contar, mas não cumpria a promessa. Sempre havia uma desculpa. Craig as chamava de "suas razões".

"Não quero estragar o baile dela."
"Não quero estragar a formatura dela."
"Não quero estragar o show dela."

E então, finalmente, Craig disse que não tinha sentido dizer nada a ela. Ela estava indo para a faculdade. Conheceria outro cara. Ele sempre era "seguro" com as outras garotas. Não havia motivo para se preocupar neste sentido. E por que não deixar que Sam tivesse boas lembranças de tudo? Porque ele realmente gostava da Sam e não queria ferir seus sentimentos.

Peter seguiu essa lógica, embora pensasse que estava errado. Pelo menos foi o que ele disse. Mas então, depois do show de ontem, Craig disse a ele que tinha saído com outra garota na tarde do baile. Foi aí que Peter disse a Craig que, se ele não contasse nada a Sam, ele próprio contaria. Bom, Craig não contou nada, e Peter ainda achava que não era problema dele, mas então ele ouviu Sam falando na festa. Ela falava com Mary Elizabeth de como Craig era "o homem da vida dela" e de como ela estava pensando em uma maneira de continuar o namoro a distância enquanto estivesse na faculdade. Por cartas.

Ele se ergueu para Craig e disse: "Você vai contar a ela agora ou eu mesmo conto."

E aí Craig levou Sam para o quarto. Ficaram lá dentro durante algum tempo. Depois Sam saiu do quarto direto para a porta da frente, soluçando em silêncio. Craig não foi atrás dela. Essa foi provavelmente a pior parte. Não que ele devesse ter tentado reatar com ela, mas ele devia ir atrás dela mesmo assim.

Tudo o que eu sei é que a Sam ficou arrasada. Mary Elizabeth e Alice foram atrás dela para ver se estava tudo bem. Eu teria ido também, mas Patrick segurou meu braço e me fez ficar. Ele queria saber o que estava acontecendo, eu acho, ou talvez imaginasse que Sam estaria melhor com companhia feminina.

Contudo, fico satisfeito de ter ficado porque acho que nossa presença evitou uma briga violenta entre Craig e Peter. Porque estávamos lá, só o que eles fizeram foi gritar um com o outro. Foi aí que eu soube da maior parte dos detalhes do que estou escrevendo para você.

Craig teria dito: "Foda-se, Peter! Vai se foder!"

E Peter teria dito: "Não tenho culpa de você ficar trepando por aí desde o início! Na tarde do baile de formatura dela?! Você é um canalha! Está me ouvindo? Um merda de um canalha!"

E coisas assim.

Quando as coisas pareciam ficar violentas, Patrick se colocou entre os dois e, com minha ajuda, tirou Peter do apartamento. Quando estávamos do lado de fora, as garotas saíram. Então Patrick e eu fomos de carro levar Peter em casa. Ele ainda estava agitado, então "desabafou" sobre Craig. Foi aí que eu soube do resto dos detalhes da história que estou lhe contando. Finalmente, deixamos Peter em casa e ele nos fez prometer que nos certificaríamos

As vantagens de ser invisível

de que Mary Elizabeth não pensasse que ele a estava enganando, porque ele não estava. Não queria ser julgado "culpado por cumplicidade" com aquele "estúpido".

Nós prometemos e fomos para seu prédio.

Patrick e eu não tínhamos certeza do quanto Craig havia contado a Sam. Achamos que ele deu uma versão "atenuada" da verdade. O bastante para que ela fosse embora. Mas não o suficiente para que ela tivesse dúvidas sobre tudo isso. Talvez fosse melhor saber toda a verdade. Eu sinceramente não sei.

Então fizemos um pacto: não contaríamos nada a ela, a não ser que descobríssemos que Craig tinha feito com que parecesse "não ser nada demais" e Sam estivesse disposta a perdoá-lo. Espero que isso não aconteça. Espero que Craig tenha contado a Sam o bastante para ela terminar.

Fomos de carro a todos os lugares onde pensávamos que encontraríamos as meninas, mas não conseguimos achá-las. Patrick imaginou que elas provavelmente estariam dirigindo por aí, tentando fazer com que a Sam "esfriasse a cabeça".

Então, Patrick me deixou em casa. Ele disse que me telefonaria amanhã, quando soubesse de alguma coisa.

Eu me lembro de ter ido dormir naquela noite, e percebi uma coisa. Algo que eu acho que é importante. Percebi que durante toda a noite eu não fiquei feliz com o rompimento de Craig e Sam. Nem um pouco.

Nunca me passou pela cabeça que isso poderia significar a Sam começando a gostar de mim. Eu só me preocupava com o fato de que Sam estava muito magoada. E acho que percebi, naquele momento, que eu realmente a amava. Porque não havia nada a ganhar, mas isso não importava.

Foi duro ir até a casa de Bill naquela tarde, porque eu não tinha recebido um telefonema de Patrick. E eu estava preocupado com a Sam. Liguei para lá, mas ninguém atendeu.

Bill parecia diferente sem terno. Estava usando sua velha camiseta da faculdade. Que era a Brown. A namorada dele usava sandálias e um belo vestido florido. E tinha pelos nas axilas. Não estou brincando não! Eles pareciam muito felizes juntos. E fiquei contente pelo Bill.

A casa dele tinha um monte de móveis, mas era muito confortável. Eles tinham um monte de livros e eu passei uma meia hora perguntando sobre eles. Havia também uma foto de Bill e a namorada quando estavam juntos na Brown durante a faculdade. Bill tinha o cabelo mais comprido naquela época.

A namorada de Bill preparou o almoço enquanto ele fez a salada. Eu me sentei na cozinha, bebendo um refrigerante, e observei os dois. O almoço foi um prato de espaguete, porque a namorada de Bill não come carne. E Bill agora não come mais carne também. A salada tinha uma imitação de bacon, porque o bacon é a única coisa de que eles sentem falta.

Eles tinham uma ótima coleção de discos de jazz, que ficaram tocando durante todo o almoço. Depois de algum tempo, abriram uma garrafa de vinho branco e me deram outro refrigerante. Depois começamos a conversar.

Bill me perguntou sobre *The Fountainhead*, e eu disse a ele, me certificando de que estava sendo um filtro.

Depois ele me perguntou como tinha sido meu primeiro ano no ensino médio, e eu disse a ele, tomando cuidado para incluir todas as histórias em que eu "participei".

Depois, ele me perguntou sobre garotas, e eu disse a ele que amava Sam de verdade, e como eu gostaria que a autora de *The Fountainhead* tivesse escrito sobre como eu percebi que a amava.

Depois que terminei, Bill ficou em silêncio. Ele pigarreou.

– Charlie... quero agradecer a você.

– Por quê? – perguntei.

– Porque foi uma experiência maravilhosa dar aulas para você.

– Oh... fico feliz com isso. – Eu não sabia o que dizer.

Bill fez uma longa pausa, e depois sua voz parecia a do meu pai quando queria ter uma conversa séria.

– Charlie – disse ele. – Você sabe por que eu lhe dei tanto trabalho extra?

Sacudi a cabeça em negativa. Era a expressão em seu rosto. Aquilo me silenciou.

– Charlie, você sabe o quanto é inteligente?

Sacudi a cabeça novamente. Ele estava falando a sério. Foi estranho.

– Charlie, você é uma das pessoas mais dotadas que já conheci. E não digo isso em relação aos outros alunos.

Quero dizer em relação a qualquer pessoa que eu tenha conhecido. É por isso que eu lhe dei tanto trabalho extra. E me pergunto se você teve consciência disso.

– Acho que sim. Não sei bem. – Eu me sentia muito estranho. Não sei aonde isso ia levar. Eu só escrevia trabalhos.

– Charlie. Por favor, não me interprete mal. Não estou querendo que você fique sem graça. Só quero que você saiba que é muito especial... e o único motivo para eu lhe dizer isso é que não conheço mais ninguém assim.

Olhei para ele. E depois parei de me sentir estranho. Tive vontade de chorar. Ele estava sendo tão legal comigo e, pelo modo como a namorada dele me olhava, eu vi que isso significava muito para ele. E não sei por que era assim.

– Então, quando o ano letivo terminar, e eu não estiver mais dando aulas a você, quero que saiba que, se precisar de alguma coisa, ou quiser conhecer outros livros, ou quiser me mostrar qualquer coisa que tenha escrito, ou outra coisa qualquer, você sempre poderá me procurar como amigo. Eu o considero um amigo, Charlie.

Comecei a chorar um pouco. Acho que a namorada dele também. Mas não Bill. Ele parecia muito firme. Só me ocorreu dar um abraço nele. Mas nunca fiz isso antes, e acho que Patrick, as garotas e a família não contam. Não disse nada por algum tempo porque não sabia o que dizer.

Então, finalmente, eu disse:

– Você é o melhor professor que eu já tive.

E ele disse:

– Obrigado.

E foi isso. Bill não insistiu que eu o procurasse no ano que vem se precisasse de alguma coisa. Não me perguntou por que eu estava chorando. Apenas me deixou ouvir o que tinha dito à minha maneira e deixar o barco correr. Essa foi provavelmente a melhor parte.

Alguns minutos depois, era hora de eu ir embora. Não sei quem decide essas coisas. Elas apenas acontecem.

Então fui até a porta e a namorada de Bill me abraçou ao se despedir, o que foi muito legal, considerando que eu só a conheci hoje. Depois Bill estendeu a mão e eu a peguei. Demos um aperto de mãos. E eu lhe dei um abraço rápido antes de dizer "Até logo".

Quando estava indo para casa, só conseguia pensar na palavra "especial". E pensei que a última pessoa que me disse isso foi a tia Helen. Foi muito bom ter ouvido isso novamente. Porque eu acho que todos nós nos esquecemos às vezes. E eu acho que todo mundo é especial à sua própria maneira. É o que eu penso.

Meu irmão ficou em casa esta noite. E tem a formatura de todo mundo amanhã. Patrick ainda não ligou. Eu telefonei para ele, mas não havia ninguém em casa. Então decidi sair e comprar alguns presentes para a formatura. Só tive tempo para fazer isso agora.

Com amor,
Charlie

16 de junho de 1992

Querido amigo,

Fui para a escola de ônibus. Hoje foi o último dia de aula para mim. E estava chovendo. Quando vou de ônibus, em geral me sento no meio porque soube que quem senta na frente é *nerd*, quem senta atrás é arruaceiro, e os dois me deixam nervoso. Não sei o que eles chamam de "arruaceiro" em outras escolas.

De qualquer modo, hoje decidi sentar na frente, com as pernas esticadas no banco. Meio deitado, com as costas apoiadas na janela. Fiz isso para ver as outras crianças no ônibus. Ainda bem que o ônibus da escola não tem cinto de segurança ou eu não poderia ter feito isso.

A única coisa que percebi era como todo mundo parecia diferente. Quando éramos todos pequenos, costumávamos cantar canções no ônibus no caminho de casa no último dia de aula. A música favorita era uma do Pink Floyd, que mais tarde descobri se chamar "Another Brick in the Wall", Parte II. Mas tinha outra canção que eu gostava ainda mais porque terminava com uma promessa. Era mais ou menos assim:

Nunca mais lápis/nunca mais livros/nunca mais a censura nos olhos dos professores./Quando o professor tocar a sineta/feche os livros e pernas pra que te quero!

As vantagens de ser invisível

Quando terminamos, olhamos o motorista do ônibus em um momento de tensão. Depois caímos na gargalhada, porque sabíamos que poderíamos ter problemas por estar falando dos professores, mas éramos muitos e isso evitaria alguma represália. Éramos novos demais para saber que o motorista do ônibus não se importava com a nossa canção. Tudo o que ele queria fazer era ir para casa depois do trabalho. E talvez se recuperar dos drinques que bebeu no almoço. Pensando nisso agora, não importa. Os *nerds* e arruaceiros eram a mesma coisa.

Meu irmão chegou no sábado à noite. E ele parecia bem diferente dos garotos do ônibus escolar do início do ano. Ele tinha barba! Fiquei tão feliz! Ele também sorria de forma diferente e estava mais "cortês". Sentamos para jantar e todo mundo fez perguntas sobre a faculdade. Papai perguntou sobre futebol. Mamãe perguntou sobre as aulas. Eu perguntei sobre todas as histórias divertidas. Minha irmã fez perguntas sobre como era "realmente" a faculdade e se teria de fingir que não era "carne nova". Não entendi o que quis dizer, mas acho que significa que você fica mais gordo.

Pensei que meu irmão fosse falar sem parar de si mesmo por um longo tempo. Ele faria isso independentemente de ter havido um grande jogo no ensino médio, ou o baile de formatura, ou qualquer coisa. Mas ele parecia muito mais interessado no que nós estávamos fazendo, especialmente minha irmã com sua formatura.

Então, enquanto eles falavam, de repente me lembrei do homem do canal de esportes da tevê e do que ele disse sobre o meu irmão. Fiquei muito empolgado. E contei a toda minha família. E foi isso que aconteceu.

Meu pai disse:

– Ei! Que tal isso?

– É mesmo?! – falou meu irmão.

– É. Eu falei com ele.

– Ele disse alguma coisa boa? – perguntou meu irmão.

– Qualquer notícia é boa notícia. – Não sei onde meu pai aprendeu essas coisas.

Meu irmão continuou:

– O que ele disse?

– Bom, acho que ele disse que os esportes universitários representam uma pressão muito grande para os estudantes que os praticam. – Meu irmão ficou assentindo. – Mas ele disse que isso forma o caráter. E disse que a Penn State estava procurando gente realmente boa. E falou em você.

– Ei! Que tal isso? – comentou meu pai.

Meu irmão disse:

– É mesmo?!

– É. Eu falei com ele.

– Quando foi que você fez isso? – perguntou meu irmão.

– Algumas semanas atrás.

E então eu gelei, porque de repente me lembrei da outra parte da história. O fato de que eu o encontrei no parque à noite. E o fato de que dei a ele um dos meus cigarros. E o fato de que estava tentando tocar em mim. Fiquei sentado ali, esperando que a conversa se encerrasse.

As vantagens de ser invisível

– Onde foi que você o conheceu, querido?

A sala ficou terrivelmente silenciosa. E fiz a melhor imitação que pude de mim mesmo quando não me lembrava de alguma coisa. E isso era o que se passava na minha cabeça:

Tudo bem... ele foi à escola para conversar com a turma... não... minha irmã saberia que eu estou mentindo... eu o conheci no Big Boy... ele estava com a família... não... meu pai ralharia comigo por ter incomodado o "pobre homem"... ele disse isso no noticiário... mas eu disse que falei com ele... peraí...

– No parque. Eu estava lá com Patrick – eu disse.

– Ele estava com a família? Você incomodou o pobre homem? – disse meu pai.

– Não. Ele estava sozinho.

Isso foi o suficiente para o meu pai e todos os outros, e eu não tive de mentir. Felizmente, a atenção foi desviada de mim quando minha mãe disse o que gostava de falar quando nos reuníamos para comemorar alguma coisa:

– Quem está com vontade de tomar sorvete?

Todos estavam, exceto minha irmã. Acho que ela estava preocupada com a "carne nova".

A manhã seguinte começou cedo. Eu ainda não sabia de Patrick e Sam, nem de ninguém, mas eu sabia que os veria na formatura, então tentei não me preocupar muito com isso. Todos os meus parentes, inclusive a família de meu pai, de Ohio, chegariam aqui pelas dez da manhã. As duas famílias não se gostam muito, exceto pelos primos mais novos, porque não conhecemos ninguém muito bem.

Fizemos um grande *brunch* com champanhe e, da mesma forma que no ano passado para a formatura do meu irmão, minha mãe deu ao pai dela (meu avô) suco de maçã gaseificado em vez de champanhe, porque ela não queria que ele ficasse bêbado e fizesse uma cena. E ele falou a mesma coisa que disse no ano passado:

– Esse champanhe é bom.

Não sei se ele sabe a diferença, porque é um bebedor de cerveja. Às vezes, uísque.

Lá pelo meio-dia e meia, o *brunch* tinha terminado. Todos os primos dirigiriam os carros, porque os adultos ainda estavam bêbados demais para dirigir até a formatura. Exceto meu pai, porque ele estava ocupado demais filmando todo mundo em vídeo com uma câmera que ele alugou na locadora.

"Por que comprar uma câmera se só vou precisar dela três vezes por ano?"

Então minha irmã, meu irmão, meu pai e eu fomos em carros diferentes para que ninguém ficasse deslocado. Fui com todos os meus primos de Ohio, que logo acenderam um baseado e passaram adiante. Eu não fumei nada, porque não estava com vontade, e eles falaram o que sempre dizem:

– Charlie, você é um viadinho.

Então, todos os carros saíram do estacionamento e nós partimos. E minha irmã gritou para meu primo Mike para fechar a janela enquanto estivesse dirigindo para não desfazer o cabelo dela.

– Eu estou fumando um cigarro – foi a resposta dele.

– Não pode esperar dez minutos? – disse minha irmã.
– Mas a música é ótima – foi a resposta final.

Então, enquanto meu pai pegava a câmera de vídeo na mala do carro e meu irmão estava falando com uma das garotas da formatura que era um ano mais velha e "parecia ótima", minha irmã foi até minha mãe para pegar a bolsa dela. O melhor sobre a bolsa da minha mãe é que não importa o que você precise a qualquer hora, ela terá. Quando eu era pequeno, costumava chamá-la de kit de primeiros socorros, porque tudo de que precisávamos estava lá dentro. Ainda não consigo entender como minha mãe faz isso.

Depois de se maquiar, minha irmã seguiu a trilha dos chapéus de formatura até o campo e nós o nosso caminho para a arquibancada. Eu me sentei entre minha mãe e meu irmão, porque meu pai estava fora, pegando um ângulo melhor da câmera. E minha mãe tentava fazer meu avô se calar, porque ele não parava de falar de quantos negros havia na escola.

Quando ela conseguiu, mencionou minha história sobre o homem do canal de esportes e a conversa sobre meu irmão. Isso fez meu avô chamar meu irmão para conversar com ele. Foi inteligente da parte de minha mãe, porque meu irmão é a única pessoa que consegue fazer meu avô parar de fazer escândalo, porque ele é franco demais. Depois da história, foi isso o que aconteceu...

– Meu Deus. Olhe essas arquibancadas. Quanta gente de cor...

Meu irmão o interrompeu:

– Tudo bem, vovô. Vamos fazer o seguinte. Se você nos constranger mais uma vez, vou levá-lo de volta para o asilo e você nunca mais verá sua neta fazendo um discurso.
– Meu irmão é muito duro.
– Mas então você também não vai ver, grande coisa. – Meu avô também sabia ser durão.
– É, mas meu pai está gravando. E posso ver a fita depois, e você não. Não é?

Meu avô tem um sorriso muito estranho. Especialmente quando alguém o vence. Ele não disse mais nada sobre isso. Só começou a falar de futebol e não mencionou nada sobre meu irmão jogar em um time com negros. Você não imagina como foi ruim no ano passado, quando meu irmão estava se formando, em vez de estar na arquibancada para fazer meu avô parar.

Enquanto eles falavam de futebol, fiquei procurando por Patrick e Sam, mas tudo o que vi foram os chapéus de formatura a distância. Quando a música começou, os formandos caminharam para as cadeiras dobráveis colocadas no campo. Foi quando finalmente vi Sam andando atrás de Patrick. Fiquei tão aliviado. Não sei dizer se estava feliz ou triste, mas foi suficiente vê-la e saber que estava ali.

Quando todos se sentaram nas cadeiras, a música parou. E o Sr. Small se levantou e fez um discurso sobre como aquela turma era maravilhosa. Ele mencionou algumas realizações que a escola teve e destacou o quanto precisaram do apoio do Community Day Bake Sale para criar um novo laboratório de informática. Depois ele apresentou a

As vantagens de ser invisível

presidente da turma, que fez um discurso. Não sei o que os presidentes de turma fazem, mas a garota fez um discurso muito bom.

Depois foi a vez de os cinco melhores alunos discursarem. Era uma tradição da escola. Minha irmã foi a segunda da turma dela, então foi a quarta a falar. A melhor aluna é sempre a última a falar. Depois o Sr. Small e o vice-diretor, que Patrick jurou que era gay, entregariam os diplomas.

Os três primeiros discursos foram muito parecidos. Todos citaram canções da música *pop* que tinham alguma coisa a ver com o futuro. E durante todos os discursos eu via as mãos da minha mãe. Ela estava apertando as mãos com uma força cada vez maior.

Quando anunciaram o nome da minha irmã, minha mãe começou a aplaudir. Foi ótimo ver minha irmã no pódio, porque meu irmão foi o 223º da turma, por aí, e assim não fez discurso nenhum. E talvez eu esteja sendo parcial, mas quando minha irmã citou uma música *pop* e falou do futuro, pareceu muito bom. Olhei para o meu irmão e ele olhou para mim. E nós dois sorrimos. Depois ele olhou para minha mãe e ela estava chorando muito, então meu irmão e eu seguramos as mãos dela. Ela olhou para nós e sorriu, chorando ainda mais. Depois nós dois apoiamos a cabeça nos ombros dela, como um abraço de lado, o que fez com que ela chorasse mais ainda. Ou talvez ela tenha deixado o choro sair mais. Não tenho certeza. Mas ela apertou nossa mão e disse "Meus meninos", com muita suavidade, e voltou a chorar. Eu amo muito minha mãe.

Não me importo se o que digo é piegas. Acho que, no meu aniversário, vou comprar um presente para ela. Acho que devia ser uma tradição. Os filhos ganham presentes de todos e compram um presente para sua mãe porque ela estava lá também. Acho que isso seria legal.

    Quando minha irmã terminou o discurso, todos aplaudimos e gritamos, mas ninguém aplaudiu ou gritou mais do que meu avô. Ninguém.

    Não me lembro do que a primeira aluna disse, a não ser que ela citou Henry David Thoreau, em vez de uma música *pop*.

    Depois o Sr. Small subiu no palco e pediu a todos que se abstivessem de aplaudir até que todos os nomes fossem lidos e todos os diplomas entregues. Devo dizer que isso não deu certo no ano passado.

    Então eu vi minha irmã pegar o diploma e minha mãe chorar novamente. E depois vi Mary Elizabeth. E vi Alice. E vi Patrick. E vi Sam. Foi um grande dia. Até quando eu vi Brad. Ele parecia bem.

    Encontramos minha irmã no estacionamento e o primeiro a abraçá-la foi meu avô. Ele é um sujeito muito orgulhoso. Todos disseram quanto adoraram o discurso da minha irmã, mesmo que não tivessem gostado. Depois vimos meu pai atravessar o estacionamento, com a câmera de vídeo acima da cabeça, triunfante. Acho que ninguém abraçou minha irmã por mais tempo do que meu pai. Olhei em torno, procurando por Sam e Patrick, mas não os encontrei em lugar nenhum.

As vantagens de ser invisível

No caminho de casa, para a festa, meus primos de Ohio acenderam outro baseado. Desta vez eu dei um tapa, mas eles continuaram a me chamar de viadinho. Não sei por quê. Talvez seja como se chama primo em Ohio. Isso e as piadas que contam.

– O que é que tem trinta e duas pernas e um dente?
– Não sei – respondemos.
– Uma fila de desempregados.
Coisas assim.

Quando chegamos em casa, meus primos de Ohio foram direto para o bar, porque as formaturas parecem ser uma ocasião em que ninguém pode beber. Pelo menos foi assim no ano passado e este ano. Eu me pergunto como será minha formatura. Parece muito distante.

Então minha irmã passou a primeira hora da festa abrindo todos os presentes, e seu sorriso aumentava com cada cheque, suéter ou nota de cinquenta dólares. Ninguém na nossa família é rico, mas parece que todos economizam só para esse tipo de acontecimento, e todos fingimos que somos ricos por um dia.

As únicas pessoas que não deram dinheiro nem um suéter à minha irmã foram meu irmão e eu. Meu irmão prometeu levá-la um dia para comprar coisas para a faculdade, como sabonetes, que ele pagaria, e eu comprei para ela uma casinha entalhada em pedra, pintada na Inglaterra. Disse a ela que queria dar alguma coisa que a fizesse se sentir como se estivesse em casa depois que fosse embora. Minha irmã me deu um beijo no rosto por causa disso.

Mas a melhor parte da festa aconteceu quando minha mãe chegou para mim e disse que eu tinha de atender o telefone. Fui para lá.

– Alô?
– Charlie?
– Sam!
– Quando é que você vem? – perguntou ela.
– Agora! – eu disse.

E então meu pai, que estava bebendo um uísque, resmungou:

– Você não vai a parte alguma enquanto seus primos não forem embora. Entendeu?

– Ah, Sam... tenho de esperar meus primos saírem – eu disse.

– Tudo bem... vamos ficar aqui até as sete. Depois telefonamos para você de onde estivermos. – Sam parecia feliz.

– Tudo bem, Sam. Parabéns!
– Obrigada, Charlie. Tchau.
– Tchau.

Desliguei o telefone.

Juro para você que pensei que meus primos jamais iriam embora. A cada vez que contavam uma história. A cada pedaço de carne de porco que comiam. A cada fotografia que olhavam e a cada vez que eu ouvia "quando você era desse tamanho", com o gesto apropriado. Foi como se o tempo tivesse parado. Não é que eu me importasse com as histórias, porque eu não me importava. Nem era a carne de porco, que estava muito boa. É que eu queria ver a Sam.

Lá pelas 21:30, todos estavam empanturrados e bêbados. Às 21:45, os abraços terminaram. Às 21:50, a entrada de carros estava vazia. Meu pai me deu vinte dólares e as chaves do carro dele, dizendo: "Obrigado por ficar aqui. Significou muito para mim e para minha família." Ele estava meio bêbado, mas foi sincero. Sam havia me dito que eles estavam indo para uma boate no centro da cidade. Então coloquei os presentes de todos na mala, entrei no carro e parti.

Tem uma coisa que quero dizer sobre o túnel que leva ao centro da cidade. Ele é glorioso à noite. Simplesmente glorioso. Você começa de um lado da montanha, e é escuro, e o rádio só tem estática. Quando entra no túnel, o vento o suga para fora e você vê as luzes acima com os olhos semicerrados. Quando se acostuma com as luzes, você pode ver o outro lado a distância à medida que o som do rádio vai desaparecendo, porque as ondas não conseguem alcançá-lo. Depois você está no meio do túnel e tudo se transforma em um sonho tranquilo. À medida que vê a saída se aproximar, sabe que não pode chegar lá rápido o bastante. E finalmente, bem quando você acha que nunca sairá de lá, vê a saída bem diante de você. E o rádio volta a ficar mais barulhento. E o vento está à espera. E você voa do túnel para a ponte. E lá está. A cidade. Um milhão de luzes e prédios, e tudo parece tão empolgante como da primeira vez que você a viu. É uma chegada realmente fantástica.

Depois de cerca de uma hora procurando pela boate, eu finalmente vi Mary Elizabeth com Peter. Estavam bebendo uísque com soda, que Peter comprou porque era mais velho e tinha um carimbo na mão. Parabenizei Mary Elizabeth e perguntei onde estavam todos. Ela me disse que Alice estava ficando ligada no banheiro das mulheres e Sam e Patrick estavam na pista de dança. Disse para me sentar até que eles voltassem, porque ela não sabia onde exatamente eles estavam. Então eu me sentei e ouvi Peter perguntar a Mary Elizabeth sobre os candidatos democratas. E, novamente, o tempo pareceu parar. Eu queria desesperadamente ver a Sam.

Depois de umas três músicas, Sam e Patrick voltaram completamente cobertos de suor.

– Charlie!

Eu me levantei e nós nos abraçamos como se não nos víssemos há meses. Considerando tudo o que aconteceu, acho que isso faz sentido. Depois disso, Patrick se deitou em Mary Elizabeth e Peter como se eles fossem um sofá. Depois ele pegou o drinque de Mary Elizabeth e o bebeu.

– Ei, imbecil! – Foi a resposta.

Acho que ele estava bêbado, embora não estivesse bebendo ultimamente, mas Patrick faz esse tipo de coisa sóbrio, então é difícil dizer.

Foi aí que Sam pegou minha mão.

– Eu adoro essa música!

Ela me levou para a pista de dança. E começou a dançar. E eu comecei a dançar. E era uma música rápida, então eu não era muito bom, mas ela não parecia se importar.

Ficamos só dançando e foi o bastante. A música terminou e, depois, veio uma lenta. Ela olhou para mim. Eu olhei para ela. Depois ela pegou minhas mãos e me puxou para dançar. Também não sei dançar lento, mas sei como me balançar.

Seu hálito cheirava a suco de framboesa e vodca.

– Procurei por você no estacionamento hoje.

Tomara que meu hálito estivesse cheirando a pasta de dentes.

– Eu procurei por você também.

Então ficamos em silêncio pelo resto da música. Ela se aproximou mais de mim. Eu a abracei mais forte. E continuamos dançando. Foi o único momento em todo o dia que eu queria que o tempo parasse. E que isso durasse muito.

Depois da boate, fomos para o apartamento de Peter e dei os presentes de formatura a todos. Dei a Alice um livro, *A noite dos mortos-vivos*, que ela adorou, e a Mary Elizabeth uma cópia de *Minha vida de cachorro*, em vídeo, com legendas, que ela adorou.

Depois dei a Patrick e a Sam os presentes deles. Eu tinha feito um embrulho especial. Usei papéis de histórias em quadrinhos porque são coloridos. Patrick os rasgou completamente, ao contrário de Sam, que arrancou a fita adesiva. E eles olharam o que estava dentro de cada caixa.

Dei a Patrick *Pé na estrada, Naked Lunch, O estrangeiro, Este lado do paraíso, Peter Pan* e *A Separate Peace*.

Dei a Sam *O sol nasce para todos, O apanhador no campo de centeio, O grande Gatsby, Hamlet, Walden* e *The Fountainhead*.

Sob os livros havia um cartão que eu escrevi usando a máquina que Sam me deu. Nos cartões eu dizia que eram os meus próprios exemplares de meus livros favoritos, e que eu queria que Sam e Patrick ficassem com eles porque eram as duas pessoas de quem mais gostava no mundo.

Quando eles começaram a ler, todos ficaram em silêncio. Ninguém sorriu, ou chorou, ou fez nada. Ficamos só olhando de um para o outro. Eles sabiam o que significava o cartão que eu escrevi. E eu sabia que significava muito para eles.

– O que dizem os cartões? – perguntou Mary Elizabeth.

– Você se importa, Charlie? – perguntou Patrick.

Sacudi a cabeça em negativa e cada um deles leu o cartão enquanto eu enchia minha caneca de café com vinho branco.

Quando voltei, todos olharam para mim e eu disse:

– Vou sentir muito a falta de vocês. Espero que a faculdade seja maravilhosa.

E depois comecei a chorar, porque de repente percebi que todos eles iam embora. Acho que Peter me acha um tanto esquisito. Depois Sam se levantou e me levou para a cozinha, me dizendo no caminho que estava tudo bem. Quando chegamos à cozinha, eu estava um pouco mais calmo.

– Sabe que vou partir em uma semana, Charlie? – disse Sam.

– Eu sei.

– Não comece a chorar de novo.

– Tudo bem.
– Estou com muito medo de ficar sozinha na faculdade.
– Está? – perguntei. Nunca havia pensado dessa forma antes.
– Então vamos fazer um trato. Quando a barra pesar na faculdade, eu ligo para você. E quando a barra pesar por aqui, você me liga.
– Podemos escrever cartas?
– É claro – disse ela.
Então eu comecei a chorar novamente. Às vezes eu era uma verdadeira montanha-russa. Mas Sam era paciente.
– Charlie, eu vou voltar no final do verão, mas, antes que você pense nisso, vamos curtir essa última semana juntos. Todos nós. Tá bom?
Concordei com a cabeça e me acalmei.
Passamos o resto da noite bebendo e ouvindo música como sempre fizemos, mas desta vez foi na casa do Peter, e foi melhor do que na de Craig, porque Peter tinha discos melhores. Era cerca de uma da manhã quando de repente eu me lembrei de uma coisa.
– Ah, meu Deus! – eu disse.
– O que foi, Charlie?
– Amanhã eu tenho aula!
Acho que eu não teria conseguido fazê-los rir mais.
Peter me levou até a cozinha para me fazer um café, então fiquei sóbrio para ir para casa de carro. Tinha bebido oito xícaras seguidas e estava preparado para dirigir por uns vinte minutos. O problema foi que, quando cheguei

em casa, fiquei acordado por causa do café e não consegui pegar no sono. Na hora de ir para a escola, eu estava morto de cansaço. Felizmente todas as provas finais tinham acabado, e tudo o que fizemos o dia todo foi assistir a filmes. Não me lembro de ter dormido melhor na minha vida. Fiquei contente também porque a escola é muito solitária sem eles.

Hoje foi diferente porque eu não dormi, e não fui ver Sam e Patrick na noite passada porque eles tinham um jantar especial com os pais. E meu irmão tinha um encontro com uma das garotas que "pareciam ótimas" na formatura. Minha irmã estava ocupada com o namorado. E mamãe e papai ainda estavam cansados da festa de formatura.

Hoje a maioria dos professores só deixou os alunos sentados conversando depois que abrimos os livros. Sinceramente eu não conhecia ninguém, exceto talvez Susan, mas depois daquela vez no corredor ela me evitava mais do que nunca. Então eu não conversei com ninguém. A única aula boa foi a de Bill, porque eu conversei com ele. Foi difícil dizer adeus a ele depois que a aula terminou, mas ele disse que não era um adeus. Eu podia ligar para ele a qualquer hora no verão se quisesse conversar ou pegar algum livro emprestado, e isso fez com que eu me sentisse um pouco melhor.

Aquele garoto de dentes tortos chamado Leonard me chamou de "cachorrinho do Bill" no corredor depois da aula, mas eu não me importei, porque acho que ele me entendeu mal.

As vantagens de ser invisível

Almocei do lado de fora, no banco onde eu costumava fumar. Depois que comi meu sanduíche, acendi um cigarro e tive uma certa esperança de que alguém me pedisse um, mas ninguém pediu.

Quando a última aula terminou, todos estavam gritando e fazendo planos para o verão. E todos esvaziaram os armários, jogando fora papéis velhos, anotações e livros no corredor. Quando cheguei ao meu armário, vi aquele garoto magrelo que tinha um armário ao lado do meu o ano todo. Eu nunca havia falado com ele antes.

Pigarreei e disse:
– Oi. Meu nome é Charlie.
E tudo o que ele disse foi:
– Eu sei.
Depois ele fechou o armário e se afastou.

Então eu abri meu armário, coloquei meus papéis e minhas coisas na mochila e andei pelo corredor sobre a confusão de papéis, livros e anotações até o estacionamento lá fora. Então, peguei o ônibus. Depois escrevi esta carta para você.

Estou muito feliz que as aulas tenham terminado. Quero passar muito tempo com todos antes que partam. Especialmente a Sam.

Aliás, terminei tirando A direto o ano todo. Minha mãe ficou muito orgulhosa e pendurou meu boletim na geladeira.

Com amor,
Charlie

22 de junho de 1992

Querido amigo,

A noite anterior à partida de Sam toldou a semana inteira. Sam estava frenética, porque ela não só precisava passar algum tempo conosco, mas tinha de se preparar para a partida. Comprar coisas. Embalar coisas. Coisas assim.

Toda noite, todos nos reuníamos depois de Sam ter dito adeus a algum tio, ou ter tido outro almoço com sua mãe, ou ter feito mais compras de coisas que ia precisar na faculdade. Ela estava assustada, e foi somente quando tomou um gole de alguma coisa que estávamos bebendo e uma tragada no que estávamos fumando que se acalmou e voltou a ser a Sam.

A única coisa que realmente ajudou Sam durante toda a semana foi o almoço com Craig. Ela disse que queria vê-lo para ter algum tipo de "conclusão". Eu acho que ela teve bastante sorte, porque Craig foi legal o suficiente para dizer que ela estava certa em ter rompido com ele. E que ela era uma pessoa especial. E que ele se lamentava e a queria bem. É estranho que as pessoas às vezes escolham ser generosas.

A melhor parte foi que Sam disse que não lhe perguntou sobre as garotas com quem ele podia estar saindo, embora quisesse saber. Ela não estava amarga. Mas estava triste. Era uma espécie de tristeza esperançosa. O tipo de tristeza que passa com o tempo.

As vantagens de ser invisível

Na noite antes de ela ir embora, fomos todos à casa de Sam e Patrick. Bob, Alice, Mary Elizabeth (sem Peter) e eu. Sentamos no tapete na sala de "jogos", lembrando coisas:

Lembra-se do show quando Patrick fez isso... ou lembra quando Bob fez aquilo... ou Charlie... ou Mary Elizabeth... ou Alice... ou Sam...

As piadas particulares não eram mais piadas. Tinham se tornado histórias. Ninguém se lembrou de nomes ou momentos ruins. E ninguém se sentiu triste, porque podíamos adiar a nostalgia para amanhã.

Depois de algum tempo, Mary Elizabeth, Bob e Alice saíram dizendo que voltariam na manhã seguinte para ver Sam partir. Então só ficamos eu, Patrick e Sam. Sentados ali. Sem dizer muita coisa. Até que começamos com nossas lembranças:

Lembra quando Charlie se aproximou de nós no jogo de futebol... e lembra quando Charlie esvaziou os pneus do carro do Dave no baile de ex-alunos... e lembram o poema... e a fita gravada... e o Punk Rocky *em cores... e lembra quando nós nos sentimos infinitos...*

Depois que eu disse isso, ficamos quietos e tristes. No silêncio, eu me lembrei daquela vez, o que eu nunca contei a ninguém. A vez em que estávamos andando. Só nós três. E eu estava no meio. Não me lembro de onde estávamos andando ou de onde vínhamos. Não me lembro em que época do ano foi. Só me lembro de andar entre eles e sentir pela primeira vez que eu pertencia a alguma coisa.

Finalmente, Patrick se levantou.

– Estou cansado, meninos. Boa noite.

Depois ele mexeu no nosso cabelo e subiu para o quarto. Sam se virou para mim.

— Charlie, tenho de guardar algumas coisas na mala. Gostaria de ficar comigo mais um tempinho?

Eu assenti e fomos para o andar de cima.

Quando entramos, percebi como o quarto parecia diferente da noite em que Sam me beijou. Os quadros não estavam na parede, os armários estavam vazios, e tudo estava numa grande pilha sobre a cama. Disse a mim mesmo que não choraria, independentemente do que acontecesse, porque eu não quero que Sam fique ainda mais em pânico do que ela já está.

Então eu a observei fazer as malas, e tentei apreender o maior número de detalhes possível. Seus cabelos compridos, os pulsos e os olhos verdes. Queria me lembrar de tudo. Especialmente do som de sua voz.

Sam falou de um monte de coisas, tentando se manter distraída. Falou que tinha uma longa viagem amanhã e que seus pais haviam alugado uma van. Ela se perguntava se ia gostar das aulas e qual seria sua área de especialização. Disse que não queria entrar para uma irmandade, mas estava ansiosa pelos jogos de futebol. Ela estava ficando cada vez mais triste. Finalmente, ela se virou.

— Por que você não me chamou para sair depois do que aconteceu com o Craig?

Eu me sentei no chão. Não sabia o que dizer. Ela falou com suavidade:

— Charlie... depois do que houve com Mary Elizabeth na festa, e nós dançando na boate e tudo...

Eu não sabia o que dizer. Sinceramente, eu estava perdido.

– Tudo bem, Charlie... vou facilitar para você. Quando aconteceu tudo aquilo com o Craig, o que você pensou? – Ela realmente queria saber.

– Bom, pensei um monte de coisas – eu disse. – Mas, principalmente, eu pensei que a sua tristeza era muito mais importante para mim do que Craig não ser mais seu namorado. E que se isso significava que eu nunca mais ia pensar em você daquele jeito, desde que você fosse feliz, por mim estava tudo bem. Foi quando eu percebi que realmente amava você.

Ela se sentou no chão ao meu lado. Falou baixinho:

– Charlie, você não percebe? Não posso sentir isso. É doce e tudo, mas é como se você não estivesse presente às vezes. É ótimo que você ouça e seja um ombro amigo para alguém, mas há momentos em que a gente não precisa de um ombro. E se precisarmos de um braço, ou coisa parecida? Você não pode se limitar a se sentar lá, colocar a vida de todos à frente da sua e pensar que o que importa é o amor. Não pode fazer isso. Você tem que fazer coisas.

– Como o quê? – perguntei. Minha boca estava seca.

– Não sei. Como pegar as mãos de alguém quando toca uma música lenta. Ou convidar alguém para sair. Ou dizer às pessoas o que você precisa. Ou o que você quer. Como na pista de dança. Você não queria me beijar?

– Queria – eu disse.

– Então, por que não beijou? – perguntou ela a sério.

– Porque eu achei que você não me queria.

– Por que você pensou isso?

– Por causa do que você disse.

– Do que eu disse nove meses atrás? Quando eu disse a você para não pensar em mim daquele jeito?

Assenti.

– Charlie, eu também disse para não dizer à Mary Elizabeth que ela era bonita. E para fazer a ela um monte de perguntas e não interrompê-la. Agora ela está com um cara que faz exatamente o contrário. E está dando certo, porque Peter é assim. Ele está sendo ele mesmo. E ele faz as coisas.

– Mas eu não gosto de Mary Elizabeth.

– Charlie, a questão não é essa. A questão é que eu não acho que você teria agido diferente mesmo que gostasse de Mary Elizabeth. É como no dia em que você ajudou Patrick e derrubou dois caras que o estavam agredindo, mas e quando Patrick estava agredindo a si mesmo? Como quando vocês iam ao parque? Ou quando ele beijava você? Você queria que ele o beijasse?

Sacudi a cabeça em negativa.

– Então, por que você deixou?

– Eu estava tentando ser amigo dele – eu disse.

– Mas você não estava sendo amigo, Charlie. Às vezes, você não é amigo de jeito nenhum. Porque você não foi sincero com ele.

Fiquei sentado em silêncio. Olhei para o chão. Não disse nada. Foi muito desagradável.

– Charlie, eu lhe disse para não pensar em mim daquele jeito há nove meses por causa do que eu estou dizendo agora. Não por causa de Craig. Não porque eu não acho você ótimo. É só que eu não quero ser a paixonite de ninguém. Se alguém gosta de mim, eu quero que goste de mim de verdade, e não pelo que pensam que eu sou. E não quero que carreguem isso preso por dentro. Quero que mostrem para mim, para que eu possa sentir também. E se fazem alguma coisa de que eu não gosto, eu digo.

Ela estava começando a chorar. Mas não estava triste.

— Você sabe que eu culpei Craig por não me deixar fazer as coisas? Sabe como eu me sinto idiota agora? Talvez ele não tenha me estimulado realmente a fazer as coisas, mas não evitou que eu fizesse também. Depois de algum tempo, eu não fazia as coisas porque não queria que ele pensasse em mim de uma forma diferente. Mas o caso é que eu não estava sendo sincera. Então, por que eu me preocuparia se ele me amava ou não se não me conhecia de verdade?

Olhei para ela. Ela havia parado de chorar.

— Então, amanhã, eu vou embora. E não vou deixar que isso aconteça novamente com ninguém. Vou fazer o que eu quiser fazer. Eu serei quem eu realmente sou. E vou descobrir o que é isso. Mas agora eu estou aqui com você. E eu quero saber quem você é, o que você precisa e o que você quer fazer.

Ela esperou pacientemente por minha resposta. Mas, depois de tudo o que ela disse, eu imaginei que devia fazer o que queria, em vez de pensar. Não pensar nisso. Não dizer em voz alta. E se ela não gostar, pode falar. E nós voltaríamos às malas.

Então, eu a beijei. E ela correspondeu. E nós nos deitamos no chão e continuamos a nos beijar. E foi tão doce. E fizemos ruídos baixinhos. E ficamos em silêncio. E continuamos. Fomos para a cama e deitamos sobre todas as coisas que ainda não tinham ido para as malas. E nos tocamos na cintura por cima das roupas. E depois por baixo das roupas. E depois sem as roupas. E foi tão bonito. Ela estava tão bonita. Ela pegou minha mão e a deslizou por sob a calça. E eu a toquei. E mal conseguia acreditar nisso. Foi quando tudo passou a fazer sentido. Até que ela moveu a mão para a minha calça e me tocou.

Aí, eu parei.

– O que foi? – perguntou ela. – Isso machuca?

Sacudi a cabeça. Eu me sentia muito bem. Não sei o que havia de errado.

– Desculpe. Eu não queria...

– Não. Não se desculpe – eu disse.

– Mas estou me sentindo mal com isso – disse ela.

– Por favor, não fique assim. Foi muito legal – eu disse. Eu estava começando a ficar bem perturbado.

– Você não está pronto ainda? – perguntou ela.

Assenti. Mas não era isso. Não sei o que era.

– Tudo bem que você não esteja pronto – disse ela. E estava sendo muito legal comigo, mas eu me sentia muito mal.

– Charlie, você quer ir para casa? – perguntou Sam.

Acho que concordei, porque ela me ajudou a me vestir. E depois ela colocou uma camiseta. E eu queria bater em mim mesmo por ser tão criança. Porque eu amava a Sam.

As vantagens de ser invisível

E estávamos juntos. E eu estava estragando tudo. Tudo. Que coisa terrível. Eu me sentia péssimo.

Ela me levou para fora.

– Precisa de carona? – perguntou. Eu estava com o carro do meu pai. Não estava bêbado. Ela parecia bem preocupada.

– Não, obrigado.

– Charlie, não vou deixar você dirigir desse jeito.

– Desculpe. Eu vou a pé – eu disse.

– São duas horas da manhã. Eu levo você para casa.

Ela foi a outro quarto para pegar as chaves do carro. Eu fiquei no hall. Eu queria morrer.

– Você está branco como um papel, Charlie. Quer um pouco de água?

– Não. Não sei. – Comecei a chorar como um louco.

– Aqui. Deite-se no sofá – disse ela.

Ela me deitou no sofá. Trouxe uma toalha de rosto umedecida e colocou na minha testa.

– Você pode dormir aqui esta noite. Tá bom?

– Tá.

– Agora fique calmo. Respire fundo.

Eu fiz o que ela me pediu. E antes que eu dormisse, eu disse uma coisa.

– Não vou poder fazer mais isso. Desculpe – eu disse.

– Tudo bem, Charlie. Agora durma – disse Sam.

Mas eu não estava falando mais com Sam. Estava falando com outra pessoa.

Quando eu dormi, tive um sonho. Meu irmão, minha irmã e eu estávamos assistindo à televisão com a tia Helen.

Tudo estava em câmera lenta. O som era abafado. E ela estava fazendo o mesmo que Sam fez comigo. Foi quando eu acordei. E não sei o que diabos estava acontecendo. Sam e Patrick estavam de pé na minha frente. Patrick perguntava se eu queria o café da manhã. Acho que disse sim. Fomos comer. Sam ainda parecia preocupada. Patrick parecia normal. Comemos bacon com ovos com os pais dele e todos falavam pouco. Não sei por que estou falando com você de bacon e ovos. Não é importante. Nem um pouco. Mary Elizabeth e todos os outros chegaram e, enquanto a mãe de Sam estava ocupada verificando tudo, fomos para a entrada de carros. Os pais de Sam e Patrick entraram na van. Patrick foi para o banco do motorista da picape de Sam, dizendo a todos que os veriam depois de alguns dias. Por fim Sam abraçou e deu adeus a todos. Uma vez que ela voltaria por alguns dias no final do verão, era mais um "até logo" do que um adeus.

Eu fui o último. Sam veio a mim e me abraçou por um longo tempo. Por fim, ela sussurrou no meu ouvido. Disse um monte de coisas maravilhosas sobre como tudo estava bem, que eu não estava pronto na noite passada e como sentiria a minha falta, e como queria que eu me cuidasse enquanto ela estivesse fora.

"Você é minha melhor amiga." Foi o que eu consegui responder.

Ela sorriu, me deu um beijo na testa e foi como se por um momento a parte ruim da noite passada tivesse desaparecido. Mas eu ainda achava que era um adeus e não um "até logo". O caso é que eu não chorei. Não sei o que estava sentindo.

Finalmente, Sam entrou em sua picape e Patrick deu a partida. Estava tocando uma música legal. E todos sorriram. Inclusive eu. Mas eu não estava mais lá.

Só quando não pude mais ver os carros foi que eu voltei e as coisas começaram a ficar ruins novamente. Mas, desta vez, elas pareciam muito piores. Mary Elizabeth e todos estavam chorando agora, e me perguntaram se eu queria ir ao Big Boy ou coisa assim. Disse a eles que não. Obrigado. Eu vou para casa.

"Você está bem, Charlie?", perguntou Mary Elizabeth. Acho que eu começava a parecer mal de novo, porque ela parecia preocupada.

"Está tudo bem. Eu só estou cansado", menti.

Fui para o carro do meu pai e parti. Podia ouvir todas aquelas músicas pelo rádio, mas ele se encontrava desligado. Quando cheguei à garagem, acho que esqueci o carro ligado. Apenas fui para o sofá da sala. E pude ver os programas da tevê, mas a televisão não estava ligada.

Não sei o que há de errado comigo. É como se tudo o que pudesse fazer é escrever esse palavreado para evitar a depressão. Sam foi embora. E Patrick não estará em casa por alguns dias. E eu não posso conversar com Mary Elizabeth nem ninguém, nem meu irmão nem ninguém da minha família. Exceto, talvez, a tia Helen. Mas ela se foi. E mesmo que estivesse aqui, não sei se poderia conversar com ela também. Porque estou começando a achar que o sonho que tive na noite passada era real. E que as perguntas do meu psiquiatra não eram assim tão estranhas.

Não sei o que devo fazer agora. Conheço outras pessoas que ficaram bem piores. Sei disso, mas de qualquer forma é perturbador e não consigo parar de pensar que aquele garotinho comendo batatas fritas com a mãe no shopping vai crescer e bater na minha irmã. Só penso nisso. Sei que estou pensando rápido demais agora, e tudo na minha cabeça está meio hipnótico, mas é isso e não está passando. Eu continuo vendo ele, e ele continua batendo na minha irmã, e ele não quer parar, e eu quero que ele pare porque ele não quer fazer isso, mas ele não me ouve e não sei o que fazer.

Desculpe, mas tenho de parar de escrever agora.

Mas antes quero agradecer a você por estar sendo uma daquelas pessoas que ouvem e entendem, e não tentam dormir com as pessoas, apesar de poderem fazer isso. Eu agradeço mesmo, e desculpe se eu o envolvi nisso tudo quando você ainda não sabia quem eu era, e nunca nos conhecemos pessoalmente, e não posso contar a você quem eu sou porque prometi guardar segredo de tudo. Só não quero que você pense que eu peguei seu nome na lista telefônica. Eu me mataria se você pensasse isso. Então, por favor, acredite em mim quando eu digo que me senti muito mal depois da morte de Michael, e vi uma garota na aula, que não me viu, e ela contou tudo de você aos amigos dela. E embora eu não conheça você, acho que conheço, porque me parece uma boa pessoa. O tipo de pessoa que não se importaria de receber cartas de um garoto. O tipo de pessoa que entenderia como as cartas são melhores que um diário, porque existe uma comunhão que um diário não tem. Só quero que você não se preocupe comigo, ou pense que vai me encontrar, ou perca mais o seu tempo. Eu lamento muito que tenha perdido seu tempo comigo, porque você significa muito para mim, e eu espero que você tenha uma vida muito legal, porque acho que merece. De verdade. Espero que você pense o mesmo. Tudo bem, então. Adeus.

Com amor,
Charlie

EPÍLOGO

23 de agosto de 1992

Querido amigo,

    Nos últimos dois meses eu estava no hospital. Eles me deram alta ontem. O médico me disse que minha mãe e meu pai me encontraram sentado no sofá da sala da minha casa. Eu estava completamente nu, assistindo à televisão, que não estava ligada. Eu não falei nem mudei de posição, foi o que ele disse. Meu pai chegou a me dar um tapa para me fazer acordar e, como eu já lhe disse, ele nunca bate em mim. Mas não funcionou. Então eles me levaram para o hospital, onde eu fiquei quando tinha sete anos, depois que tia Helen morreu. Eles me disseram que eu não falei nem reconheci ninguém por uma semana. Nem mesmo Patrick, que acho que me visitou durante aquele período. É assustador pensar nisso.

    Tudo que me lembro é de colocar a carta na caixa de correio. E depois, pelo que sei, eu estava sentado na sala da médica. E me lembrei de tia Helen. E comecei a chorar. E a médica, que depois percebi que era uma mulher legal, começou a me fazer perguntas. E eu respondi.

    Não sei bem se quero falar das perguntas e respostas. Mas eu imagino que tudo que sonhei sobre tia Helen era verdade. E depois de algum tempo, percebi que acontecia todo sábado, quando estávamos assistindo à televisão.

As primeiras duas semanas no hospital foram muito difíceis.

A parte mais dura foi sentar na sala da médica quando ela contou à minha mãe e ao meu pai o que tinha acontecido. Nunca vi minha mãe chorar tanto. Ou meu pai parecer tão furioso. Porque eles não sabiam que isso estava acontecendo naquela época.

Mas a médica tem me ajudado a lidar com um monte de coisas desde então. Sobre tia Helen. E minha família. E os amigos. E eu. Há um monte de estágios desse tipo de coisas e ela estava sendo ótima em todos eles.

O que mais me ajudou, entretanto, foi quando eu pude receber visitas. Minha família, inclusive meu irmão e minha irmã, sempre vinham, até que meu irmão teve de voltar para a faculdade, para jogar futebol. Depois disso, minha família vinha sem o meu irmão, e meu irmão me mandava cartões. Ele chegou a me dizer no último cartão que leu meu trabalho sobre *Walden* e gostou muito dele, o que fez com que eu me sentisse realmente muito bem. Como da primeira vez em que vi Patrick. A melhor coisa sobre Patrick é que, mesmo quando você está num hospital, ele não muda. Ele faz piadas para você se sentir melhor, em vez de fazer perguntas que o fazem se sentir pior. Ele chegou a me trazer uma carta da Sam, e Sam dizia que estava voltando no final de agosto, e se eu estivesse melhor até lá, ela e Patrick me levariam de carro pelo túnel. E desta vez eu poderia ficar na traseira da picape se eu quisesse. Coisas assim me ajudaram mais do que tudo.

As vantagens de ser invisível

Os dias em que eu recebia cartas eram bons também. Meu avô me mandou uma carta muito legal. E minha tia--avó também. E depois minha avó e meu tio-avô Phil. Tia Rebecca chegou a me mandar flores com um cartão assinado por todos os primos de Ohio. Foi bom saber que eles estavam pensando em mim, como foi legal aquela vez em que Patrick trouxe Mary Elizabeth, Alice, Bob e todo mundo para me visitar. Até Peter e Craig. Acho que eles são amigos agora. E eu fiquei feliz com isso. Assim como fiquei feliz que Mary Elizabeth fizesse mais do que falar. Porque assim as coisas pareciam mais normais. Mary Elizabeth ficou um pouco mais do que os outros. Eu estava muito feliz com a oportunidade de conversar com ela sozinho, antes que ela partisse para Berkeley. Como fiquei feliz por Bill e a namorada, quando eles vieram me ver algumas semanas atrás. Eles vão se casar em novembro e querem que eu vá ao casamento. É legal ter coisas do futuro para pensar.

    Comecei a sentir que tudo ia ficar bem quando meus irmãos ficaram depois que meus pais foram embora. Foi em algum dia de julho. Eles me fizeram um monte de perguntas sobre tia Helen, porque acho que nada daquilo aconteceu com eles. E meu irmão parecia muito triste. E minha irmã com muita raiva. E foi aí que as coisas começaram a ficar mais claras, pois não havia mais ninguém para odiar depois disso.

    O que eu quero dizer é que eu olhava para meus irmãos e pensava que talvez, um dia, eles seriam tio e tia, assim como eu seria tio. Assim como mamãe e tia Helen eram irmãs.

E todos pudemos nos sentar e imaginar e se sentir mal em relação aos outros, e culpar um monte de gente pelo que fizeram ou não fizeram, ou pelo que não sabem. Não sei bem. Acho que sempre vai haver alguém para culpar. Talvez, se meu avô não tivesse batido nela, minha mãe não seria tão quieta. E talvez ela não tivesse se casado com papai, porque ele não batia nela. E talvez eu nunca tivesse nascido. Mas fico feliz por ter nascido, então não sei o que dizer sobre isso, especialmente porque minha mãe parece feliz com a vida que tem, e não sei o que mais se pode querer.

É como se eu culpasse a tia Helen, e eu teria de culpar o pai dela por ter batido nela e o amigo da família por tê-la estuprado quando era pequena. E a pessoa que abusou dele. E a Deus por não parar com isso e todas as coisas que são muito piores. E eu fiz isso por um tempo, mas depois não pude continuar. Porque não estava me levando a lugar nenhum. Porque não era a questão.

Não estou desse jeito por causa do que sonhei e do que me lembro sobre tia Helen. É por causa do que eu imaginei quando as coisas ficaram quietas. E acho que é muito importante saber. Torna as coisas claras e razoáveis. Não me interprete mal. Sei que o que aconteceu foi importante. E preciso me lembrar disso. Mas é como quando minha médica me contou a história daqueles dois irmãos cujo pai era um alcoólatra mau. Um irmão se tornou carpinteiro quando adulto e nunca bebia. O outro terminou sendo um bebedor tão mau quanto o pai. Quando perguntaram ao primeiro irmão por que ele não bebia, ele disse que depois que viu o que isso tinha feito

As vantagens de ser invisível

ao pai nunca pegaria o mesmo caminho. Quando perguntaram ao outro irmão, ele disse que achava que tinha aprendido a beber no colo do pai. Então, acho que somos quem somos por várias razões. E talvez nunca conheçamos a maior parte delas. Mas mesmo que não tenhamos o poder de escolher quem vamos ser, ainda podemos escolher aonde iremos a partir daqui. Ainda podemos fazer coisas. E podemos tentar ficar bem com elas.

Acho que, se um dia eu tiver filhos e eles ficarem perturbados, não vou dizer a eles que as pessoas passam fome na China nem nada assim, porque isso não mudaria o fato de que eles estão transtornados. E mesmo que alguém esteja muito pior, isso não muda em nada o fato de que você tem o que você tem. É bom e mau. É como o que minha irmã disse quando eu estive no hospital por um tempo. Ela disse que estava realmente preocupada em ir para a faculdade, e considerando que eu estava melhorando, ela se sentia idiota por isso. Mas não sei por que ela se sentia idiota. Eu ficaria preocupado também. E, na verdade, não acho que teria feito melhor ou pior do que ela. Não sei. É tão diferente. Talvez seja bom colocar as coisas em perspectiva, mas às vezes acho que a única perspectiva é estar aqui. Como disse a Sam. Porque não há problema em sentir as coisas. E ser quem você é.

Quando fui liberado ontem, minha mãe me levou para casa. Foi à tarde e ela me perguntou se eu estava com fome. Eu disse que sim. Então ela me perguntou o que eu queria, e eu disse que queria ir ao McDonald's, como fazíamos quando eu era pequeno, ficava doente e não ia à escola. Então nós fomos. E foi legal estar com minha mãe e comer batatas fritas. E depois, naquela noite, estar com a minha família no jantar e ver as coisas como sempre foram. Essa foi a parte maravilhosa. As coisas continuaram como sempre. Não falamos de nada pesado ou leve. Nós apenas estávamos juntos. E isso foi o bastante.

Então, hoje meu pai foi para o trabalho. E minha mãe levou a mim e à minha irmã para cuidar das últimas coisas para minha irmã, porque ela vai para a universidade daqui a alguns dias. Quando voltamos, telefonei para a casa de Patrick, porque ele disse que Sam devia estar em casa. Ela atendeu o telefone. E foi ótimo ouvir a voz dela.

Mais tarde, eles chegaram na picape de Sam. E fomos ao Big Boy como sempre fizemos. Sam nos falou de sua vida na faculdade, que parecia muito estimulante. E eu falei a ela de minha vida no hospital, que não tinha nada de estimulante. E Patrick fez piadas para manter todo mundo bem. Depois que saímos, fomos na picape de Sam e, como ela prometeu, para o túnel.

A uns setecentos metros do túnel, Sam parou o carro e eu pulei para trás. Patrick ligou o rádio bem alto para que eu pudesse ouvir dali, e quando nos aproximamos do túnel, ouvi a música e pensei em todas as coisas que as pessoas disseram para mim no ano passado. Pensei em Bill dizendo que eu era especial. E minha irmã dizendo que me amava. E minha mãe também. E até meu pai e meu irmão quando eu estava no hospital. Pensei em Patrick me chamando de amigo. E pensei em Sam me dizendo para fazer coisas. Para estar presente. E pensei como era ótimo ter amigos e uma família.

Quando chegamos ao túnel, eu não ergui os braços como se estivesse voando. Apenas deixei o vento bater no meu rosto. E comecei a chorar e sorrir ao mesmo tempo. Porque não consegui evitar sentir o quanto eu amava tia Helen por me dar dois presentes. E o quanto eu queria que o presente que eu comprei para dar à minha mãe no meu aniversário fosse especial. E o quanto eu queria que minha irmã e meu irmão, e Sam, Patrick e todos fossem felizes.

Mas, principalmente, eu estava chorando, porque, de repente, tive consciência do fato de que eu estava de pé em um túnel, com o vento batendo no meu rosto. Não importava que eu visse a cidade. Nem mesmo que pensasse nisso. Porque eu estava de pé no túnel. E eu realmente estava ali. E foi o suficiente para que eu me sentisse infinito.

Amanhã, começo no segundo ano do ensino médio. E, acredite ou não, eu não estou com nenhum medo de ir. Não sei bem se terei tempo de escrever mais cartas, porque estarei muito ocupado tentando "participar".

Então, se esta for a minha última carta, por favor, acredite que está tudo bem comigo, e mesmo quando não estiver, ficará bem logo depois.

E eu acredito que seja assim com você também.

Com amor,
Charlie

DEPOIS

18 de setembro de 2012

Querido amigo,
Há vinte anos não mando uma carta a você. Nem mesmo sei se este ainda é o endereço certo de envio. Mas mandarei assim mesmo e torço para que você a encontre. Se encontrar, significará o mundo para mim.

Porque quero agradecer a você.

Anos atrás, existia um garoto muito triste que precisava de muita ajuda. E escrever a você foi o começo desta ajuda. Não importa o que eu tenha aprendido como adulto, nunca me esqueço de como era ser aquele garoto. Como era sentir que ninguém podia entender aqueles sentimentos, porque eu mesmo não conseguia entender. Nunca me esqueço de como é me sentir triste, louco, deprimido ou fora de mim e de meu corpo. E nunca me esqueço, nos dias ótimos, de como era ir naqueles passeios com aquelas músicas e aquelas pessoas bonitas que ainda posso chamar de amigas. Aquele garoto escreveu algumas cartas e as enviou pelo mundo a um estranho de que tinha ouvido falar. E aí, aconteceu uma coisa incrível.

Você respondeu.

Sei que não mandei meu nome ou endereço verdadeiros, mas de algum jeito minhas cartas foram compartilhadas. As pessoas passaram adiante, como o poema de Patrick. Fizeram fotocópias e trocaram. Sussurraram como uma senha secreta. Não sei o que aconteceu, mas aconteceu. Você leu minhas cartas. E então, respondeu a algumas.

Você mandou cartas a endereços aleatórios. Algumas foram encaminhadas a mim. Talvez algumas não tenham conseguido. Não sei se recebi todas. Mas recebi cartas suficientes de você para perceber algo extraordinário. E se você pudesse ler as caixas e mais caixas de cartas que recebi nos últimos vinte anos, saberia o que eu sei. De uma vez por todas. Para todo o sempre.

Você não está sozinho.

Sabe, amigo, existem milhões de nós. Milhões de pessoas que lutam com todo tipo de problemas (e vencem). Você ficaria chocado ao saber quantas pessoas entendem EXATAMENTE o que você está passando. Isto não quer dizer que o que você vive seja menos, de alguma forma. Menos significativo. Menos especial. Menos único. Ao contrário, significa que o que você vive é mais. É importante. Merece ser visto, falado e compreendido.

Agora já faz vinte anos. Vinte anos desde que recebi suas cartas. E não sei dizer quantas vezes elas me salvaram o dia ou me fizeram chorar ou rir, ou acreditar, ou ter esperanças de que existia uma luz no fim do túnel. Não sei dizer como é ler uma carta de uma jovem que ia se matar, ler minhas cartas e decidir pelo contrário. E ela agora está em seus trinta anos. É feliz no casamento. Tem filhos. Os tempos sombrios acabaram para ela. Como acabarão para você.

Assim, se estas palavras fizerem sentido. Se você conheceu pessoalmente estas histórias. Se viveu ou testemunhou maus-tratos. Físicos. Sexuais. Emocionais. Se lutou com qualquer doença mental ou ama alguém que luta. Se está cercado por aqueles que chamam o que você é de diferente, em vez de bonito. Se sua mente ou seu corpo gritam pedindo paz, reconhecimento e compreensão, tenha uma certeza...

Você faz parte de uma família infinita. As pessoas que passaram por coisas horríveis e sobreviveram a elas. Se está lendo estas palavras, você VENCEU hoje. Está aqui. Está vivo. Tem opções. Pode se livrar de uma situação ruim. Seguir em frente. Reagir. Sair. Terminar. Convidar ela (ou ele) para sair. Escrever aquele livro. Compor aquela música. Ouvir a música. Assumir a direção. Aproveitar a oportunidade. E viver. Não importa a estratégia que escolher, você VENCE.

Nós somos muitos mais do que eles jamais serão. E podemos nos encontrar. Podemos nos ajudar. Podemos conversar. E podemos construir uma vida ótima. A felicidade não é algo para os outros. É para você. É para mim. É para todos nós. Nós decidimos se seremos felizes ou não.

Este é meu jeito comprido de lhe dizer obrigado, Querido Amigo.

Vinte anos atrás, um jovem escreveu algumas cartas. Você respondeu a ele. E um adulto se inspirou a escrever de novo. Assim, só para o caso de esta acabar sendo minha última carta, quero responder a uma pergunta. A pergunta que mais fiz desde que suas cartas me encontraram. "O que aconteceu com Charlie?" E posso lhe contar o que aconteceu com Charlie em duas palavras...

Ele conseguiu.

E você também conseguirá.

Com amor, sempre
Charlie

Impressão e Acabamento:
EDITORA JPA LTDA.